Somalia

John W. Passmann

Somalia

Eine Erzählung

Bibliografische Information der Deutschen Nationalbibliothek:
Die Deutsche Nationalbibliothek verzeichnet diese Publikation in der
Deutschen Nationalbibliografie; detaillierte bibliografische Daten sind
im Internet über
< http://dnb.d-nb.de > abrufbar.

© 2007 John W. Passmann
Satz, Umschlaggestaltung, Herstellung und Verlag:
Books on Demand GmbH, Norderstedt
ISBN: 978-3-8334-8048-5

Inhalt

1. Geschichtliches

Das Land wurde im Jahre 1960 ein selbständiger Staat. Vorher gab es das britische Somaliland im Norden mit der Hauptstadt Hargeisha und die ehemalige italienische Kolonie Somalia im Süden mit der Hauptstadt Mogadishu. Ausserdem bestand noch ein französisches Territorium im äussersten Norden um die Hafenstadt Djibouti. Letzteres ist heute ebenfalls ein selbständiger Staat, welcher neben der Hauptstadt ein relativ kleines Gebiet umfasst, das von den Stämmen der Afar und Issa bewohnt wird.

Die Italiener hatten ihre Kolonie als den südlichen Teil eines erträumten grossafrikanischen Kolonialreiches gedacht, von Libyen im Norden über das damalige Abessinien bis an das Horn von Afrika reichend. Für das Erreichen dieses Ziels wurde auch der Abessinienkrieg in den dreissiger Jahren geführt, der jedoch für die Italiener in einem Desaster endete. Nach dem II. Weltkrieg war es dann ohnehin vorbei mit den afrikanischen Kolonien. Die Briten führten die vereinigten somalischen Gebiete in die Unabhängigkeit, konnten allerdings die Franzosen nicht davon überzeugen, dass sie auch ihr Territorium einbrachten. Dieses wurde dann erst später von den Franzosen in die Selbständigkeit entlassen.

Bei den Somalis handelt es sich um ein Volk mit vorwiegend nomadischer Lebensweise. Nur knapp ein Drittel der Bevölkerung ist halbwegs sesshaft und beschäftigt sich mit Handel, Landwirtschaft und Gewerbe. Bei einer solchen Zusammensetzung eignet sich eine Bevölkerung nicht besonders gut für das Leben in einem fest gefügten, geordneten Staatswesen. Man ist jedenfalls gut beraten, diese Tatsachen bei jeder Art von Tätigkeit oder Kontaktaufnahme in Somalia stets im Auge zu behalten. Übrigens spukt der Gedanke eines Gross-Somalia auch in den Köpfen vieler somalischer Politiker und Stammesoberer. Der gesamte Osten des heutigen Äthiopien, also insbesondere die äthiopische Provinz Ogaden, ist von somalischen Stämmen bewohnt, ebenso wie auch der Nordosten Kenias. Schon früh blieben zwei kriegerische Auseinandersetzungen mit Äthiopien für die Somalis erfolglos, ebenso wie die langwierigen Verhandlungen mit Kenia. Heute sind die Somalis auch untereinander so weitgehend zerstritten, dass ihr eigenes Staatsgebilde jeglichen Zusammenhang verloren hat.

Nach 1960 wurde auch Somalia in das Tauziehen um Einflusssphären einbezogen, welches zu den Begleiterscheinungen des kalten Krieges gehörte. Klugerweise verhielt sich Grossbritannien in diesem Streit weitgehend neutral. Italien machte seinerseits jedoch im Rahmen aller sich bietenden Möglichkeiten seinen Einfluss geltend, vor allem in Industrie, Landwirtschaft und Kultur. Unterstützt wurden solche Bestrebungen dadurch, dass noch eine Anzahl von Italienern im Lande verblieben war. So gab es eine Reihe von italienischen Schulen und kulturellen Einrichtungen, von Italienern betriebene Plantagen sowie italienische Techniker in den wenigen industriellen Einrichtungen des Landes, wie zum Beispiel bei der Zuckergewinnung und -verarbeitung. Nun setzten sich aber auch die Sowjets in grossem Massstab ihrerseits dafür ein, die Landwirtschaft zu industrialisieren, womit sie allerdings bei der vorherrschenden sporadischen Kleinbauernwirtschaft auf wenig Gegenliebe stiessen. Auf ihren nach sowjetischem Muster eingerichteten Kolchosen standen schon bald die aus der Sowjetunion herbeigeschafften Traktoren und Landmaschinen jeglicher Art nutzlos herum und rosteten in dem feuchten Klima still und friedlich vor sich hin. Und wie in allen ähnlich gearteten Fällen, so konzentrierten sich natürlich auch im Falle Somalias die Sowjets mit ihren Bemühungen auf den Aufbau einer Armee nach sowjetischem Muster, mit in den UdSSR geschulten Führungskadern und mit von der Sowjetunion gelieferter Ausrüstung und Material. Um dieser Entwicklung nach Möglichkeit entgegen zu wirken, wurde die Bundesrepublik Deutschland von den USA bestärkt, sich ebenfalls zu engagieren. Dem wurde dann auch dadurch Rechnung getragen, dass die Polizeikräfte Somalias von deutschen Fachkräften ausgebildet und mit deutschem Material ausgestattet wurden. Dabei wurde dafür Sorge getragen, dass die Polizei schon bald zu einer quasi zweiten Streitmacht des Landes heranwuchs. Ausserdem versuchten sich deutsche Experten an dem Ausbau einer nach ihrer Ansicht angemessenen Industrie. Weiterhin befassten sich deutsche Firmen mit dem Ausbau des verhältnismässig spärlichen Strassennetzes. Erst später kamen noch weitere Konkurrenten hinzu, und zwar die Chinesen. Diese übernahmen den gescheiterten Versuch der Modernisierung der Landwirtschaft von den Sowjets, indem sie sich um die

Einführung des Reisanbaus bemühten. Dies war nur anfänglich vor allem deswegen erfolgreich, weil zunächst fast ausschliesslich chinesische Arbeitskräfte beschäftigt wurden. Später versickerten auch auf diesem Gebiet die Anstrengungen ebenso wie die in das Projekt geflossenen Gelder. Um auch noch ein besonderes, weithin sichtbares Zeichen für ihren Einfluss zu setzen, errichteten die Chinesen, ebenfalls mit eigens dazu aus China herbeigeschafften Arbeitern, ein grossartiges ›Staatstheater‹. Letzteres diente später hauptsächlich als Versammlungsstätte und verfällt, wie so viele grossartige Neubauten, langsam und unaufhaltsam.

Mit der Zeit wurden nun aber die stolzen Somalis ungeduldig auf Grund all' dieser fremden Einmischungen in ihre ureigensten Angelegenheiten, auch störten sie sich an den vielen im Lande befindlichen Ausländern, welche alles besser wissen wollten und ihnen vorzuschreiben sich anmassten, wie sie zu leben und sich zu verhalten hatten. Rücksicht auf die besondere Lebensweise der moslemischen Nomaden zu nehmen, fiel selbstverständlich kaum einem von den fremden Experten ein. Und natürlich bemerkte auch keiner von ihnen, wie es nach einigen Jahren solcher versuchten Einflussnahmen und Bevormundungen im Lande zu gären begann. In diese Zeit nun fällt der Beginn unserer Geschichte.

2. Erster Versuch

Der Berater war schon ziemlich viel in der Welt herumgekommen. In der Hauptsache hatte er für US-amerikanische Firmen gearbeitet, war in den USA, aber auch in den Niederlanden tätig gewesen, und er hatte auch schon eine Reihe von beruflichen Erfolgen aufzuweisen, obwohl er nur etwas über vierzig Jahre alt war. Zur Zeit hatte sich ein Kontakt mit einer deutschen Gruppe angebahnt, welche im Rahmen eines Entwicklungshilfe-Projekts in Somalia einen Betrieb für die Textilverarbeitung aufzubauen beabsichtigte. Mit Begeisterung nahm er die Gelegenheit wahr, sein Können und seine Erfahrung zum Nutzen der Menschen in einem der Entwicklungsländer anzuwenden. Seine Gesprächspartner bei der Projektgruppe waren von seiner Bewerbung ihrerseits sehr angetan und entschlossen sich, ihm einen Vertrag anzubieten.

Vor einem Vertragsabschluss waren allerdings noch umfangreiche Verhandlungen mit allen Beteiligten zu führen. Die Vertreter der Gruppe in Deutschland wollten den neuen Experten selbstverständlich zunächst einmal gründlich kennen lernen und im Hinblick auf seinen möglichen Einsatz in Somalia seine Eignung und Belastbarkeit auf Herz und Nieren prüfen. Eines der Vorgespräche fand im Büro eines Industriellen in München statt. Walter, so war der Name des Experten, wunderte sich ein wenig über den Verlauf des Gespräches, welches sehr private und persönliche Bereiche fast mehr berührte als seine berufliche Eignung. Was ihm allerdings nicht bekannt war: In einem Nebenraum befand sich ein Psychologe, der das Gespräch in allen Einzelheiten mithörte und analysierte. Er hatte vor allem zu beurteilen, inwieweit der Bewerber geeignet wäre, mit dem Leiter des Projekts vor Ort, einem recht eigensinnigen älteren Herrn, zusammen zu arbeiten. Der abschliessenden Beurteilung nach war dies aber mit nur wenigen, unbedeutenden Einschränkungen der Fall. Es stand auch kein weiterer Bewerber zur Verfügung, der nur annähernd geeignet gewesen wäre, und so erhielt Walter schlussendlich seinen Vertrag.

Nun ging es an die Vorbereitungen. Ein Visum und eine Arbeitsgenehmigung für Somalia mussten beschafft werden. Auch eine Untersuchung auf Tropentauglichkeit war vorzunehmen. Wichtig war auch das Beschaffen geeigneter Kleidung. Dem Rat seiner Auftraggeber folgend, kaufte Walter noch ein Jagdgewehr sowie einen leichten Revolver zum etwaigen Selbstschutz. Hinzu kam noch geeignetes Reisegepäck. Drei Wochen standen ihm für alle diese Dinge bis zu seiner Abreise noch zur Verfügung. Auch mussten die Angelegenheiten der Familie für die Zeit der Abwesenheit Walters geregelt werden. Später sollten dann Frau und Kind ebenfalls nach Somalia reisen, um sich dort wieder mit dem Gatten und Vater zu vereinigen. Vorher wollte dieser allerdings noch die örtlichen Verhältnisse genau prüfen und sich in seine Aufgabe hineinfinden.

Aber dann war es endlich so weit. Alles war zur Zufriedenheit der Beteiligten geregelt. An einem Freitag ging der Lufthansa-Flug nach Rom. Das gesamte Gepäck war aufgegeben worden, die grösseren Gepäckstücke als Luftfracht. In Rom gab es zunächst einmal eine Verzögerung. Da die Alitalia nur zweimal in der Woche nach Mogadishu flog, verbrachte der Reisende noch zwei Ruhetage in einem kleinen römischen Hotel, gleich gegenüber der berühmten Spanischen Treppe. Er genoss die Tage in Rom und nutzte sie zu langen Spaziergängen und Besichtigungen der Sehenswürdigkeiten der Stadt. Dann aber beförderte ihn ein Taxi zum römischen Flughafen Leonardo da Vinci. Als Walter ›seine‹ Maschine auf dem Rollfeld zu Gesicht bekam, traute er seinen Augen kaum: Die normalerweise vierstrahlige Boing 707 trug unter ihren Tragflächen fünf Triebwerke! Viel später erst erfuhr er des Rätsels Lösung. In Mogadishu stand nämlich ein Flugzeug gleichen Typs von der Alitalia, bei der ein Triebwerk ausgefallen war. Üblicherweise können zwar die Maschinen dieses Typs auch mit nur drei Triebwerken starten und landen, aber dies war in Mogadishu wegen der unzureichenden Länge der Startbahn nicht möglich. Da die Start- und Landebahn ohnehin den strengen Bestimmungen der IATA nicht entsprach, flogen andere Fluggesellschaften den Flughafen Mogadishu auch mit grossen Düsenmaschinen nicht an. Lediglich die Alitalia setzte sich über die Bestimmungen hinweg und hatte daher für diesen Teil des Flugverkehrs eine Monopolstellung. Da nun das defekte Triebwerk nicht an Ort und Stelle repariert werden konnte, hatte man in Rom eine unkonventionelle Lösung für das Problem gefunden: Ein Ersatztriebwerk wurde einfach unter die Tragfläche der nächsten Linienmaschine montiert und konnte dann in Mogadishu wieder abmontiert und bei der havarierten Maschine eingebaut werden. Die mitgekommenen Mechaniker konnten so das defekte Teil austauschen und dafür Sorge tragen, dass es auf die gleiche ungewöhnliche Art wieder nach Rom gebracht wurde.

Trotz des eigentümlichen Anblicks, den das Flugzeug bot, waren die Flugeigenschaften doch kaum beeinträchtigt, und die Passagiere hatten einen guten Flug. Sie betrachteten bei schönem Wetter und guter Sicht Kairo und das Nildelta aus der Vogelperspektive und danach für eine lange Zeit die endlosen Sandflächen der nubischen Wüste. Dann tauchten endlich am Horizont die imposanten Bergregionen des äthiopischen Hochlands auf, die sich bis an die somalische Steppe hinzogen. Über den Ogaden und die Steppen im Westen Somalias ging es der Küste des Indischen Ozeans entgegen. Danach flog das Flugzeug im Sinkflug in einer langgestreckten Kurve über das Wasser und erreichte endlich den Flughafen von Mogadishu. Eine sanfte, aber etwas ungewöhnlich hart abgebremste Landung, und man war am Ziel angelangt.

Beim Aussteigen aus dem klimatisierten Flugzeug schlug den Passagieren sogleich das unangenehm feuchtwarme Klima des ostafrikanischen Küstenlandes entgegen. Dies besserte sich auch kaum, als sie das Flughafengebäude mit der Empfangshalle betraten, denn hier waren sie zwar vor der sengenden Sonne geschützt, jedoch gab es keine Klimaanlage, so dass sich die dumpfe Luft in den geschlossenen Räumen staute und den Schweiss aus allen

Poren rinnen liess. Erfreulicherweise ging die Abfertigung zwar langsam, aber ohne besondere Probleme vonstatten. Hinter den Absperrgittern warteten schon die Abholer. Der örtliche Projektleiter, Herr Lindlein, war persönlich erschienen, mit ihm sein somalischer Fahrer und der ›Boy‹, ein riesenhafter und beeindruckender, schon älterer Somali. Beide waren uniformiert, wie es Lindleins Vorstellungen von Bediensteten in Afrika zu entsprechen schien. Nach der Begrüssung kümmerten sich die beiden Somalis erst einmal um Walters Gepäck. Dann ging es hinaus zum Dienstwagen Lindleins, einem schwarzen Mercedes.

Trotz der geöffneten Fenster war die Fahrt mit vier Personen in dem geschlossenen Fahrzeug alles andere als ein Vergnügen. Zu dieser Zeit schien man auch bei Mercedes nicht mit den Annehmlichkeiten einer Klimaanlage vertraut zu sein. Die Landstrasse war nicht einmal schlecht, und die Fahrt währte nicht einmal eine ganze Stunde, bis das Ziel erreicht war: Eine Fabrik- und Wohnanlage am Fluss, von einer Mauer an den Landseiten umgeben, in der Nähe eines somalischen Dorfes, etwa 45 Kilometer von der Hauptstadt entfernt. Die Lage war malerisch, direkt am Ufer des Shebeli, eines der beiden einzigen Flüsse des grossen Landes. Erstaunt stellte Walter bei der Einfahrt durch das einzige Tor des ummauerten Bereichs fest, das dieses von Polizisten in der erdbraunen Uniform der somalischen Polizei bewacht wurde. Noch des Öfteren sollte er sich später fragen, ob die in der Regel aus fünf Mann bestehende Polizeitruppe nun als Schutz und zur Sicherheit der Europäer im Wohnbereich eingesetzt war oder ob sie nicht vielleicht in erster Linie zu deren Bewachung diente.

Nach seiner Ankunft wurde der Neuling zunächst in einem der ›Junggesellen-Apartments‹ untergebracht, welche sich in einem Gebäude gleich neben der Werkskantine befanden. Hier erfrischte er sich erst einmal gründlich und versorgte sein Gepäck. Dann folgte er der Einladung seines neuen Chefs und begab sich hinüber zu dessen Haus. Er fand dieses sehr gepflegt und komfortabel eingerichtet. Man genoss ein vorzügliches Abendessen, und Walter lernte bei dieser Gelegenheit auch Lindleins Frau kennen, eine resolute Matrone. Am folgenden Morgen sollte die Arbeit beginnen. Als erstes wurde er mit den übrigen europäischen Experten bekannt gemacht und lernte auch die wenigen in der Verwaltung beschäftigten Somalis kennen. Danach war ein Rundgang mit Besichtigung der gesamten Anlage fällig.

Die Expertengruppe bestand aus einem halben Dutzend Fachleuten für Textilverarbeitung, zumeist ältere, gestandene Werkmeister, dazu ein Ingenieur für die Leitung und Betreuung der technischen Werkstätten und die Anleitung somalischer Techniker. In der Verwaltung waren noch ein deutscher Buchhalter und zwei Sekretärinnen tätig. Letztere waren beide Ehefrauen von Meistern aus dem Textilbetrieb. Den Koch der Werkskantine für die Europäer, einen quirligen Italiener, hatte Walter schon morgens beim Frühstück kennen gelernt. Im Verwaltungsbereich arbeiteten drei Somalis mit einer offenbar recht ordentlichen Ausbildung. Da war zunächst der einzige Somali mit einer leitenden Funktion: Abdi Hassan, der Personalchef, von den Somalis häufig Hadji Abdi genannt, weil er schon einmal in Saudi Arabien gewesen war und man als selbstverständlich annahm, dass er dabei auch als Pilger Mekka und die heiligen Stätten des Islam besucht hatte. Hinzu kamen Giama, der Kassierer, ein junger, freundlicher Riese, und Fareed, der Hilfsbuchhalter. In der zur Zeit noch in der Aufbau- und Anlaufphase befindlichen Fabrik und den angegliederten Werkstätten arbeiteten etwa 200 Somalis.

Innerhalb des ummauerten Bezirks befanden sich die weiträumigen Fabrikhallen sowie zwei riesige Lagerschuppen für Rohbaumwolle, ein Werkstattgebäude und die Wohnanlagen. Zu den letzteren gehörten zwei geräumige Einzelhäuser, von denen eines vom Projektleiter nebst Frau und Personal bewohnt wurde, während das zweite für wichtige Langzeitbesucher reserviert blieb, dazu vier Doppelhäuser für je zwei Familien und ein Gebäude mit sechs Apartments für Alleinstehende. Weiter gab es noch die bereits erwähnte Kantine, das Wachlokal, Fahrzeugschuppen und den Wohngebäuden angegliederte Garagen und Kammern für Dienstpersonal. In dem weitläufigen Gelände war hier und dort versucht worden, kleine Nutzgärten anzulegen, was aber in den meisten Fällen zu Fehlschlägen geführt hatte.

Die ersten Wochen vergingen für Walter mit intensiver Einarbeitung in die bestehende Problematik und mit ersten Reorganisationsmassnahmen. Dabei lernte er die lokalen Verhältnisse und auch seine Mitarbeiter immer besser kennen. Zunächst verblieb er im Junggesellenhaus und nahm seine Mahlzeiten in der Kantine ein. Gelegentlich musste er geschäftlich nach Mogadishu fahren, meistens zusammen mit Lindlein. Dabei ging es immer wieder um Verhandlungen mit Regierungsstellen und der zuständigen Bank. Vor allem letzteres führte fast regelmässig zu unangenehmen Auseinandersetzungen. Die Gelder für das Projekt wurden zwar von der deutschen Bank für Entwicklungshilfe zur Verfügung gestellt, jedoch von der somalischen Regierung verwaltet und mussten von dieser von Fall zu Fall freigegeben werden. Und die zuständigen Stellen in Somalia hatten so ihre eigenen Vorstellungen davon, wie diese Gelder zu verwenden seien, zumal es sich um wertvolle Devisen in harter Währung handelte. Und für diese hatte der somalische Staat schliesslich ganz andere Verwendungsmöglichkeiten, als technischen Bedarf für ein nach seiner Meinung ohnehin zweifelhaftes Entwicklungshilfe-Projekt oder Rohbaumwolle aus Ägypten zu kaufen.

Auch an den Wochenenden fuhr Walter häufig nach Mogadishu. Immerhin gab es dort einige recht gute Restaurants, deren Besuch mit etwas Abwechslung in dem ansonsten doch recht eintönigen Speiseplan verbunden war. Ausserdem besass die Firma am Strand ein eigenes Badehaus, und der Indische Ozean lud jederzeit zum Bade, wenn auch das Wasser auf Grund der vorherrschenden warmen Temperaturen nicht so erfrischend war, wie man es sich als Europäer vielleicht gewünscht hätte. Vorteilhaft war, dass der Badestrand ebenso wie das Hafenbecken durch das weit draussen vor der Küste liegende Riff geschützt war. Manchmal gab es allerdings auch kleinere Ungelegenheiten und mehr oder weniger abenteuerliche Erlebnisse. Wurde einmal nur ein Badetuch aus dem geparkten Fahrzeug entwendet, so kam ein anderes Mal eine Gruppe Somalis in drohender Haltung auf Walter zu, als dieser gerade ein Foto von einer besonders pittoresken Hafenpartie machen wollte. Das Vorkommnis lehrte ihn, dass Moslems oft sehr skeptisch oder unwillig reagieren, wenn es um bildliche Darstellungen geht, wobei sie auch schon einmal aggressiv werden können. Dann wieder mussten die Autofenster viele Tage lang auf einer mehrere hundert Meter langen Strecke der Strasse hermetisch geschlossen bleiben, um den Aasgeruch eines toten, am Strassenrand liegenden Dromedars fernzuhalten. Das Tier war bei einem Zusammenstoss mit einem Lastwagen getötet worden, und niemand dachte daran, es fortzuräumen, denn darum kümmern sich hierzulande Geier und andere Aasfresser. Nach zwei Wochen war dann bis auf ein Häuflein abgenagter Knochen von dem Kadaver nichts mehr zu sehen. Überhaupt waren Lastwagen ein Problem ganz besonderer Art. Die einheimischen Fahrer fuhren mit Höchstgeschwindigkeit über die doch manchmal schon mit erheblichen Schlaglöchern versehenen Strassen. Dazu verschafften sie sich gern kleine Nebeneinnahmen durch das Mitnehmen von Reisenden, welche es sich oben auf der Ladung der oft ohnehin schon überladenen Fahrzeuge so bequem machten, wie es eben möglich war. Geriet so ein Laster dann einmal in den losen Sand neben der Strasse und kippte um, was oft genug geschah, dann waren die Passagiere die Leidtragenden. Oft kam es dabei zu schweren Verletzungen und auch zu Todesfällen. So etwas wurde offenbar als unvermeidbares Risiko mit einem gewissen Fatalismus hingenommen.

Erst einige Wochen nach seinem Arbeitsantritt erfuhr Walter, dass der deutsche Buchhalter bereits vor Monatsfrist seine Kündigung eingereicht hatte und in Kürze heimreisen würde. Darum musste nun in aller Eile die Übergabe aller seinen Bereich betreffenden Unterlagen und der laufenden Arbeiten erfolgen. Das stellte für Walter zwar eine grosse zusätzliche Belastung dar, gab ihm dabei aber auch gleichzeitig die Möglichkeit, die somalischen Mitarbeiter auf ihre Eignung und ihre Fähigkeiten hin zu überprüfen. Dabei stellte es sich heraus, dass ohne weiteres der grösste Teil der Buchhaltungsarbeiten von den Somalis übernommen werden konnte. Diese waren ob des in sie gesetzten Vertrauens noch zusätzlich motiviert. Dem Projektleiter wiederum schien das gute Verhältnis, welches Walter inzwischen zu den Mitarbeitern aufgebaut hatte, gar nicht zu behagen. Ohne Walters Wissen forderte er von der Leitstelle in Deutschland einen Buchhaltungsfachmann an, der mit Lindlein direkt zusammen arbeiten und eine zusätzliche Kontrolle über Walters Aktivitäten ausüben sollte. Letzterer hatte sich nunmehr recht gut eingearbeitet. Auch und vor allem mit den somalischen Mitarbeitern entwickelte sich ein immer besseres Zusammenspiel. Schon nach zwei Monaten kamen sie mit ihren Fragen und Sorgen lieber zu ihm als zum Beispiel zu Lindlein. Allerdings begann Walter nach einiger Zeit selbst einzusehen, dass ein solcher Zustand auf Dauer nicht tragbar sein würde.

Inzwischen hatte er sich, da er auch ein Naturfreund war, in der Umgebung des Projektgeländes ein wenig umgesehen. Und da ihm inzwischen auch ein Fahrzeug zu seiner eigenen Verwendung zugeteilt worden war, konnte er hin und wieder, vor allem an den Wochenenden, kleinere Ausflüge unternehmen. Im nahegelegenen Dorf liess er sich vorsichtshalber zunächst einmal nicht sehen, denn dort schien aus ihm vorerst noch unerklärlichen Gründen eine den Europäern feindliche Stimmung zu herrschen. Seine Unerfahrenheit in dieser ungewohnten Umgebung sorgte dafür, dass er zuweilen auch unangenehme Überraschungen erlebte. So begegnete ihm einmal am frühen Morgen am Flussufer ein ausgewachsenes Flusspferd. Er schlenderte näher heran und war sehr erschrocken, als das scheinbar friedlich grasende Tier plötzlich in vollem Galopp auf ihn losstürmte. Er sprang eilends zur Seite und gab damit dem Tier den direkten Weg zum Wasser frei. So lernte er bei dieser Gelegenheit, dass man sich nie zwischen einen dieser nur scheinbar schwerfälligen Kolosse und dessen nasses Element begeben darf, ohne mit einem Angriff rechnen zu müssen. Sein sicherheitshalber bei den Spaziergängen immer mitgeführter Revolver hätte ihm auch in diesem Fall kaum geholfen, wie es dann bei der nächsten unheimlichen Begegnung der Fall war. Dieses Mal war er eine kurze Strecke weit in das unübersichtliche Gebüsch der umliegenden Steppe hinein gegangen, als unvermittelt ganz in der Nähe eine grosse Tüpfelhyäne auftauchte. Beide musterten sich einen Augenblick lang, dann zog Walter seinen Revolver und feuerte einen Schuss über den Kopf der Hyäne hinweg ab. Diese verstand offensichtlich die Warnung, machte kehrt und trabte davon.

Eine weit grössere Gefahr allerdings barg eine weitere Begegnung. Wieder einmal in der Steppe herumstreifend, bemerkte Walter in der Baumreihe, welche das nahe liegende Flussufer säumte, eine grosse Horde Paviane. Als wäre er in einem zoologischen Garten, wollte er sich die Tiere aus der Nähe ansehen und bewegte sich auf sie zu. Ihm unbewusst, überschritt er den Sicherheitsabstand zu der Horde, und die Paviane begannen wild zu schreien und in den Zweigen der Bäume herumzutoben. Diesmal erkannte auch der Europäer sofort das Gefährliche der Situation. Schleunigst zog er sich zurück, denn ihm wurde nur allzu deutlich vor Augen geführt, dass mit einer Horde wildgewordener Paviane nicht zu spassen war.

Im betrieblichen Umfeld spitzte sich inzwischen die Situation immer weiter zu. Walter hatte jetzt auch erfahren, was sich schon in Deutschland hinter seinem Rücken abgespielt hatte. Langsam merkte er auch, was vor Ort so alles gegen ihn unternommen wurde, beziehungsweise was geschah, ohne dass man ihn informierte. Auch wurde sein Verhältnis zu Lindlein so immer frostiger. Die beiden so unterschiedlichen Menschen sprachen kaum noch miteinander. Dass die Somalis von der Gruppe deutscher Industrieller bei dem Projekt nicht unerheblich übervorteilt worden waren, stellte für ihn eine weitere Tatsache dar, die seine Zweifel am Nutzen seines Auftrages immer weiter verstärkte. Also beschloss er, in einem persönlichen Gespräch mit seinem Chef eine Klärung herbeizuführen. Wie er schon befürchtet hatte, war bei der resultierenden Auseinandersetzung schnell

zu erkennen, dass Lindlein nicht im Geringsten beabsichtigte, irgendwelche Änderungen zu akzeptieren. Die
logische Konsequenz war, dass Walter seinen Vertrag
aufkündigte und schon bald darauf nach Hause reiste.

3. Intermezzo

In Deutschland zurück, übernahm Walter schon nach kurzer Zeit einen neuen Beratungsauftrag. Diesmal wurde er bei einer Vermittlungsagentur in Hamburg tätig. Im Allgemeinen fühlte er sich dabei zwar ganz wohl, vermisste aber doch die besonderen Anforderungen, welche die Tätigkeit in Somalia an seine Qualifikation gestellt hatten. Auch das kultivierte Milieu in der Hansestadt sagte ihm nach den drei Monaten des Lebens in einem Entwicklungsland in besonderem Masse zu. Und das Zusammenleben mit seiner kleinen Familie genoss er natürlich sehr. Trotzdem hatte er mit der Eingewöhnung in die neue Umgebung einige Schwierigkeiten. Irgendwie hatte ihm das freie Leben in der Wildnis von Ostafrika zugesagt. Hinzu kam die mangelnde Attraktivität seiner neuen Arbeit. Eine unbestimmte innere Unruhe veranlasste ihn, Meldungen und Anzeigen in Fachblättern zu studieren, um vielleicht doch wieder eine interessante Aufgabe zu finden, in der er auch in fachlicher Hinsicht eine echte Herausforderung sehen konnte. So kam es, dass er eines Tages wieder Kontakt mit der deutschen Entwicklungshilfe aufnahm. Dort suchte man dringend Experten mit Erfahrungen in – Somalia!

Die Anfrage Walters bezüglich der Suchanzeige führte dazu, dass er umgehend zu einem Gespräch eingeladen wurde. Er war nicht einmal besonders verwundert, als er erfuhr, dass man genau für jenes Projekt nach einem Fachmann für Verwaltung und Rechnungswesen suchte, welches er vor kurzer Zeit verlassen hatte. Ausführlich schilderte er nun seinen Gesprächspartnern, was ihn seinerzeit zur Aufgabe veranlasst hatte. Man hörte ihn aufmerksam an und versicherte ihm dann glaubhaft, dass inzwischen grundlegende Veränderungen in der gesamten Gestaltung des Projekts erfolgt seien. Ihm wurde auch gestattet, Einblick in Unterlagen zu nehmen, durch welche dies anscheinend belegt wurde. In mehreren ausführlichen Gesprächen einigte man sich letztendlich. Walter erhielt einen neuen Vertrag mit erheblich erweiterten Befugnissen als Stellvertreter des Projektleiters. So würde Lindlein zwar weiterhin sein Vorgesetzter sein, hatte ihm gegenüber jedoch keinerlei Weisungsbefugnis in Fachfragen. Nach einer kurzen Bedenkzeit nahm Walter an und unterzeichnete den neuen Vertrag.

Nachdem er seine Aufgabe in Hamburg abgeschlossen und an einen Nachfolger übergeben hatte, ging es erneut an die Reisevorbereitungen. Diese waren dieses Mal natürlich viel weniger umfangreich, denn schliesslich kannte Walter die Probleme, die sich ihm stellten. Auch die Ausreise für die Familienangehörigen wurde jetzt sorgfältig vorbereitet. In wenigen Wochen schon sollten Frau und Tochter nachkommen. So war er bald wieder reisefertig. Obwohl ihm versichert worden war, dass ein vollständig ausgestattetes Haus zur Verfügung gestellt werden würde, besorgte Walter doch noch einigen Hausrat und sonstige Kleinigkeiten. Seine Flugreise mit Ethiopian Airways führte diesmal über Asmara und von dort mit einer Propellermaschine der Somali Airways nach Mogadishu. Mit der grossartigen Abholung vom Flughafen war es diesmal allerdings nichts. Also musste er eines der rot und gelben Taxis benutzen, welches ihn immerhin sicher, wenn auch weniger bequem an's Ziel brachte.

Der Eindruck der Fahrt allerdings war etwas deprimierend, zumal der somalische Fahrer nach Landessitte versuchte, seine Einkünfte dadurch aufzubessern, dass er noch weitere Fahrgäste aufnehmen wollte. Das konnte Walter durch ein grosszügiges Trinkgeld aber verhindern. Der erste Eindruck wurde jedoch schnell verwischt durch den vergleichsweise herzlichen Empfang, der dem Ankommenden im Wohnbereich der Anlage bereitet wurde. Selbst Lindlein und seine Gattin bemühten sich, keinerlei Verstimmung merken zu lassen. Das annehmbar ausgestattete Haus war bereit, seinen neuen Bewohner zu empfangen.

Im Allgemeinen hatte sich nicht viel verändert. Lediglich in der Verwaltung war eine Veränderung eingetreten. Inzwischen war ein neuer somalischer Mitarbeiter eingestellt worden, der die Funktion eines Büroleiters einnehmen sollte. Abdallah war von somalischen Regierungsstellen empfohlen und protegiert worden, und so hatte Walter gleich den Eindruck, dass er weniger als Arbeitskraft denn als Überwacher fungieren sollte. Dieser Eindruck bestätigte sich schon bald durch dessen Verhalten. Das störte Walter allerdings relativ wenig, da er ja nicht die Absicht hatte, irgendwelche Vorgänge oder Sachverhalte zu verbergen oder zu verschleiern.

Mit den mitgebrachten Kleinigkeiten wurde in den nächsten Tagen das neue Domizil wohnlich hergerichtet. Dann übernahm Walter schnellstens wieder seine Funktion in der Verwaltung. Seine somalischen Mitarbeiter zeigten sich überaus erfreut über seine Rückkehr, während sich die Begeisterung bei den europäischen Experten wegen der Spannungen zwischen Walter und Lindlein in Grenzen hielt. Immerhin war aber seine Position jetzt viel stärker, und er musste nicht bei jeder Gelegenheit auf die Reaktionen seines Chefs achten.

4. Integrationsprobleme

Somalis und Europäer gehören zwei völlig verschiedenen Kulturkreisen an. So ergeben sich zwangsläufig gravierende umfangreiche Verständigungsprobleme. Das beginnt bereits auf dem sprachlichen Gebiet. Somalisch war lange Zeit eine lediglich gesprochene Sprache, für die es keine Schriftform gab. Das entspricht nun einmal der Lebensweise in einer Nomadengesellschaft. Erst von der Mitte des 20. Jahrhunderts an gab es Versuche, eine Schriftform zu finden. Das erwies sich schon deswegen als schwierig, weil die Bevölkerung fast ausschliesslich aus Moslems besteht, und da der Koran nun einmal in arabischer Schrift gelehrt und gelesen wird, hätte sich vielleicht diese für die Schreibung des Somalischen angeboten. Andererseits waren die ganzen Verwaltungen des Landes von den italienischen sowohl als auch von den britischen Kolonialherren aufgebaut worden, und so konzentrierten sich auch die Bemühungen um eine Schriftform auf die lateinische Umschreibung. Hinzu kommt noch, dass Somalisch eine sehr schwer zu erlernende Sprache ist, insbesondere für Europäer. Ein wenig erleichtert wird das Ganze allerdings dadurch, dass viele der insbesondere gebildeten Somalis Englisch oder Italienisch sprechen, abhängig davon, in welchem der früheren Kolonialgebiete sie ansässig waren oder ausgebildet wurden. Dabei zog zum Beispiel Walter die britisch ausgebildeten Bewerber vor, da deren Ausbildung sich im Allgemeinen als erheblich gründlicher erwies.

Die Spitze des Textilunternehmens bestand aus vier Personen. Zwei von ihnen lebten in Deutschland: Der Vertreter der das Unternehmen betreuenden Industriellen-Gruppe und der Vertreter der deutschen Entwicklungs-hilfegesellschaft. Beide liessen sich in Somalia zumeist nur einmal im Jahr sehen, wenn die im Jahresturnus stattfindenden Besprechungen des Spitzengremiums angesetzt wurden. Sie wohnten dann in Mogadishu im besten Hotel der Stadt, dem ›Croce del Sud‹, und genossen ihren Aufenthalt nach Möglichkeit. Den Betrieb besuchten sie nur ganz selten. Die Betriebs- und Geschäftsführung überliessen sie weitestgehend ihrem Kollegen, dem uns bereits bekannten Herrn Lindlein als drittem Mitglied des Gremiums. Als viertes Mitglied kam ein somalischer Vertreter hinzu, dem wegen seiner guten Verbindungen in Regierungskreisen dieses Amt von der somalischen Regierung übertragen worden war. Er pflegte einmal im Monat bei der Verwaltung der Firma aufzutauchen, um seine ihm zugesprochene Vergütung zu kassieren. Ansonsten kümmerte er sich nicht im Geringsten um das Projekt. Als verbindliche Projektsprache war Englisch vereinbart worden. Aber zum Beispiel Lindlein sprach Englisch nur holprig, und mit seinen Italienischkenntnissen war es auch nicht viel besser bestellt. So blieben denn alle Berichte, Übersetzungsarbeiten und wichtigen Ausarbeitungen Walter überlassen, der auf Grund seiner langjährigen Auslandstätigkeit ein einwandfreies Englisch sprach.

Die Zusammenarbeit mit den Somalis in der Verwaltung funktionierte recht ordentlich. Das galt auch für die Kontakte mit den wenigen ordentlich ausgebildeten somalischen Technikern. Mit den Arbeitern konnte sich Walter ebenso wie die anderen Europäer nur mittels Zeichensprache oder durch Vermittlung eines Dolmetschers verständigen. Es stellte sich als ausserordentlich schwierig heraus, die bisher als Nomaden oder Kleinbauern lebenden Menschen für eine Arbeit im Textilbetrieb mit regelmässigen Arbeitszeiten und fest umrissenen Aufgaben zu gewinnen. Lediglich durch den pekuniären Anreiz wurde dies überhaupt möglich. Die meisten der Arbeiter hatten bisher kaum Geld zu ihrer Verfügung gehabt. Sie brauchten auch nur sehr wenig, da sie vorwiegend von ihren eigenen Produkten oder vom Tauschhandel lebten. Jetzt aber wurde ihnen eine Möglichkeit geboten, eine in ihren Augen beträchtliche Summe Geldes innerhalb einer verhältnismässig kurzen Zeit zu erlangen.

Wenn sie dann allerdings vier bis sechs Wochen lang gearbeitet hatten und mit dem verdienten Geld ihre dringendsten Bedürfnisse und einige kleinen zusätzlichen Wünsche befriedigen konnten, blieben sie häufig einfach wieder weg. Die regelmässige, anstrengende und ungewohnte Tätigkeit an den Maschinen, welche nun einmal die Bedingung für den Verdienst war, gefiel ihnen wiederum weniger. Und so wandten sich viele Arbeiter lieber wieder ihrer gewohnten, alten Lebensweise zu. Das stört natürlich den Ablauf einer industriellen Fertigung in einer auf die Dauer unerträglichen Weise. Lindlein wollte unter Anderem dadurch Abhilfe schaffen, dass er weibliche Arbeitskräfte anzuwerben versuchte. Ein solcher Versuch war aber von Beginn an zum Scheitern verurteilt. Da die moslemischen Somalis ihren Frauen und Töchtern nicht gestatten, sich ausserhalb der Familie frei zu bewegen, gab es nur einen sehr begrenzten Markt an weiblichen Bewerbern. Zur Wahl standen nur die wenigen christlich erzogenen Frauen, zumeist Mischlinge italienischer Väter, sowie einige wenige unabhängige Frauen. Diese wenigen verfügbaren weiblichen Arbeitskräfte aber reichten gerade einmal aus, um die Nachfrage nach Dienst- und Küchenpersonal zu befriedigen. Übrigens hätten sich auch mit Sicherheit manche somalische Arbeiter geweigert, Seite an Seite und in Konkurrenz mit Frauen zu arbeiten. Walter schlug dem Chef vor, eine angemessenere Form der Bindung von Arbeitern an das Unternehmen zu praktizieren, indem man die Einbindung der Eingeborenen in Sippe und Stammesgemeinschaft nutzte. Man hätte dazu mit einigen Sippenältesten verhandeln können, diese als Vorarbeiter einsetzen und bezahlen müssen und die männlichen Angehörigen ihrer jeweiligen Sippe zur Arbeit unter ihrer Leitung beschäftigt. Leider lehnte Lindlein eine derartige Lösung mit Empörung ab, schon allein weil er nicht einsehen wollte oder konnte, dass er Vorarbeiter beschäftigen sollte, die vom Fach nichts verstanden. So blieb also alles zunächst weiter bei dem Problem des ständigen Wechsels. Die europäischen Fachkräfte hatten nach wie vor alle Hände voll damit zu tun, immer wieder neue Arbeitskräfte einzuweisen und anzulernen.

In der Zwischenzeit war es Walter dank der Unterstützung Abdi Hassans gelungen, eine saubere junge Frau als Hilfskraft für seinen Haushalt zu finden. Für ihn stellte das eine grosse Erleichterung dar. Es war eben doch recht angenehm, in Ruhe daheim zu frühstücken, an einem individuell gedeckten Tisch und mit frischen Bananen, Melonen oder Papayas, welche alle direkt um's Haus gediehen. Die Somalin stellte sich als ausserordentlich anstellig heraus und war auch ihrerseits sehr zufrieden mit der gut bezahlten Arbeit und ihrer separaten eigenen Kammer am Haus. Walter erwartete nun bald die Ankunft von Frau und Tochter. Bisher war er auf das gesellige Leben der Europäerkolonie im Lager angewiesen, welches sich auf gelegentliche Grillabende und das Beisammensein anlässlich der Mahlzeiten in der Kantine beschränkte. Lindlein hatte sich abgesondert und verkehrte privat kaum mit den übrigen Europäern. Gelegentlich liess er sich von seinem Fahrer zu einem Rotariertreffen nach Mogadishu chauffieren. Seine Gattin hatte neben dem Wohnhaus einen kleinen Kräutergarten und ein Gehege für ein paar Rhesusaffen, einen Waran und ein Dik-Dik-Pärchen eingerichtet. Dik-Diks sind Zwergantilopen, die nicht viel grösser werden als Hasen. Gejagt werden sie wegen ihres delikaten Fleisches, und sie treten in Somalia recht zahlreich auf. In Gefangenschaft werden sie schnell zahm und zutraulich.

Da im Wohnbereich noch ausreichend ungenutzter Wohnraum zur Verfügung stand, schlug Walter vor, eines der leerstehenden Häuser dem somalischen Personalchef und seiner Familie zur Verfügung zu stellen. Einer der einheimischen Techniker, der auch ein besonders guter Automechaniker war, sollte in eines der Junggesellen-Apartments einziehen. Diese Lösung würde nicht nur den Vorteil haben, dass der Eindruck verwischt wurde, die Europäer wollten sich isolieren, sondern es wären auch ständig Dolmetscher und Helfer für die verschiedensten Zwecke verfügbar. Nach einigem Hin und Her gelang es ihm, Lindlein von der Nützlichkeit solchen Vorgehens zu überzeugen, und so zogen schon wenig später die Somalis in die vorgesehenen Wohnräume ein.

Was nunmehr geschah, damit hatte allerdings auch Walter nicht gerechnet. Es hing mit dem Zusammengehörigkeitsgefühl der Sippe bei den Somalis zusammen. Nach und nach tauchten nämlich immer mehr ›Verwandte‹ des Personalchefs im Lager auf und machten es sich in dessen schönem, geräumigem Haus gemütlich. Walter sprach Abdi Hassan auf diesen unerwünschten ›Bevölkerungszuwachs‹ hin an und erklärte ihm, dass es eigentlich nicht die Absicht gewesen sei, eine Somali-Siedlung im Lager zu etablieren. Der Betroffene erklärte daraufhin, dass er über diese Entwicklung auch nicht gerade erfreut sei, aber bei somalischen Sippen sei es nun einmal Brauch, dass jedes Sippenmitglied das Recht habe, bei einem besser gestellten Verwandten unterzuschlüpfen, wenn ihm danach zumute sei. Wenn er dies nicht zu dulden bereit sei, so laufe er selbst Gefahr, aus der Sippe ausgeschlossen zu werden, womit jeglicher Schutz und jegliche Unterstützung durch die Sippe verloren gehe und somit seine eigene Existenz in Notfällen auf's Äusserste gefährdet sei. Bei dem Mechaniker war die Situation weit weniger problematisch, denn dieser kam aus dem Norden des Landes und hatte noch keine eigene Familie. Allerdings, so vertraute er Walter an, lebte er in ständiger Furcht vor der Verheiratung. Seine Eltern hatten ihn nämlich wissen lassen, dass sie eine Frau für ihn ausgewählt hatten und er nun bald einmal in den Norden kommen müsse, um in Hargeisha zu heiraten und seine Frau zu sich zu nehmen. Mussa aber schätzte seine persönliche Freiheit über alles, daher zögerte er die Reise und damit die Hochzeit mit allerlei Ausflüchten immer wieder hinaus. Übrigens schätzte Walter diesen Mechaniker ganz besonders, auch als Partner auf seinen Jagdausflügen. So kam ihm die Einstellung Mussas zu dessen familiären Problemen durchaus gelegen.

Im geschäftlichen Bereich hatten sich die Schwierigkeiten mit der lokalen Bank wieder einmal verschärft. Diesmal wollte Lindlein den somalischen Direktor bei der Lösung der Probleme einschalten. Schliesslich werde er ja von der Projektleitung bezahlt! Also drängte er den Somali, seine Beziehungen spielen zu lassen, um die Bank endlich zur Kooperation zu bewegen. Dieser war jedoch eher geneigt, sich mit den Interessen der Bank zu identifizieren, als sich für die Fremden einzusetzen. Daraufhin schwoll Lindlein der Kamm, und er gab strikte Anweisung, Zahlungen an den somalischen Direktor ab sofort einzustellen. Schon bald danach tauchte dieser wieder einmal in der Verwaltung auf und forderte seine monatliche Vergütung ein. Etwas verängstigt weigerte sich der Kassierer und verwies auf die Anweisung Lindleins. Nun war aber der Somali nicht weniger hitzköpfig als der Deutsche. Er stürmte in Lindleins Büro und forderte ihn auf, sofort seine Anweisung zu widerrufen und die Zahlung ohne weiteren Verzug zu genehmigen.

Als Lindlein sich unter Hinweis auf die mangelnde Unterstützung bei der Lösung der Bankprobleme standhaft weigerte, drang der Somali auf ihn ein und schlug ihn nieder. Die Angestellten im Hauptbüro beobachteten den Vorgang durch die offen stehende Tür und riefen schnell einen sich vor dem Gebäude aufhaltenden Polizisten herein. Diesem gelang es, den aufgebrachten Somali zu beruhigen und ihn zu veranlassen, zunächst das Büro zu verlassen.

Der Vorfall war schon fast in Vergessenheit geraten, aber Lindlein hatte unklugerweise auf einer Anzeige wegen Körperverletzung bestanden. Nachdem man einige Zeit lang nichts weiter von der Angelegenheit gehört hatte, wurden eines Tages alle Beteiligten nachdrücklich daran erinnert. Eines Tages nämlich erhielten Lindlein und die Zeugen des Vorfalls eine Vorladung vom Kadi des nahen Dorfes, der die lokale Gerichtsbarkeit inne hatte. In der Hütte des Kadi sahen sich die Beteiligten alle wieder. Eines allerdings verstanden die Europäer wohl nicht so recht: Bei Streitigkeiten zwischen Moslems und Nichtmoslems wird in aller Regel nach dem Grundsatz verfahren, das nach Möglichkeit zum Vorteil eines Moslems zu entscheiden ist. So kam es auch hier. Dem somalischen Direktor wurde seine volle Vergütung zugesprochen, und Lindlein hatte als Busse für seine Weigerung, einer berechtigten Forderung nachzukommen, einige hundert Schillinge zu zahlen. Von Körperverletzung wurde nicht einmal mehr gesprochen, zumal davon nach der inzwischen vergangenen Zeit ohnehin keinerlei Spuren mehr zu bemerken waren. Die Zeugen wurden ohne Vernehmung entlassen. Die somalische Seite besass immerhin soviel diplomatisches Gespür, schon wenige Wochen später den somalischen Direktor durch einen anderen Somali ablösen zu lassen. Ausser in der Person änderte sich allerdings in den diesbezüglichen Verhältnissen nichts.

Walter erlebte seinen persönlichen Problemfall bei einem seiner Ausflüge nach Mogadishu. Als er nichtsahnend sein Fahrzeug auf einer Hauptstrasse entlang steuerte, kam völlig unvermutet aus einer abschüssigen Nebenstrasse ein Taxi auf ihn zu. Der Taxifahrer musste Walters Fahrzeug wohl wahrgenommen haben, aber seine Bremsen waren offensichtlich nicht mehr die besten, und so rutschte das Taxi, wenn auch mit stark verminderter Geschwindigkeit, in Höhe der Fahrertür in den Wagen des Deutschen. Dieser bestand vorsichtshalber darauf, den Unfall ordnungsgemäss von der Polizei zu Protokoll nehmen zu lassen. Die Schuld an dem Vorfall konnte man ihm ja nun beim besten Willen nicht anlasten, denn er hatte sich immerhin ganz eindeutig auf der Hauptstrasse befunden. Die Polizisten entschieden aber, dass wohl beide Fahrer gleichermassen schuldig sein müssten, warum auch immer. Vermutlich wollten sie den Taxifahrer davor bewahren, den Schaden des Deutschen bezahlen zu müssen, denn eine Versicherung hierfür war in Somalia weithin unbekannt. Auf jeden Fall war Walter glücklich, davon gekommen zu sein, ohne mit irgendwelchen Verpflichtungen belastet zu sein. Die verbeulte Fahrertür seines Wagens wurde in langwieriger Kleinarbeit von den Mechanikern des

Betriebes unter Mussas Anleitung und Verwendung von Gummihämmern wieder in einen erstaunlich guten Zustand versetzt. Eine neue Tür hätte erst aus Deutschland herbeigeschafft werden müssen, was mit Sicherheit mehrere Monate gedauert hätte. So schien alles noch einmal glimpflich abgelaufen zu sein. Da erschien nach etwa zwei Wochen ein älterer Somali in Begleitung eines Polizisten bei Walter. Er behauptete, als Fahrgast in dem Unfalltaxi gesessen zu haben. Und seit dem Unfall sei er nun arbeitsunfähig. Da aber Walter mitschuldig an dem Unfall sei, müsse er nun auch für ihn sorgen. Walter schaltete blitzschnell. Er bot dem Mann eine Anstellung als Hilfskraft für leichte Arbeiten in der Kantine an. Als der Betroffene von der zu erwartenden Bezahlung hörte, stimmte er hocherfreut dem Vorschlag zu. Walter liess die Vereinbarung von dem Polizisten als Zeugen bestätigen, womit die Frage eventueller Entschädigungsansprüche als erledigt gelten konnte.

Nun trieb sich also in der Kantine eine zusätzliche ›Arbeitskraft‹ herum. Der Mann zeigte sich wenig interessiert, irgendwelche Arbeiten zu verrichten, so dass der italienische Kantinenwirt ihn schon bald als unnützen Esser nicht eben zuvorkommend behandelte, sich auch bei Walter über ihn beschwerte. Aber der Somali wurde selbst der Sache schon sehr bald überdrüssig. Nach seiner Auffassung war für ihn als Protege des stellvertretenden Direktors jede Arbeit eine Zumutung. Zudem passte es ihm gar nicht, dass er so weit von Mogadishu und damit von seiner Familie arbeiten und täglich die lange Anfahrt auf sich nehmen sollte. So blieb er bald ganz fort, womit die Angelegenheit doch noch auf erträgliche Weise abgeschlossen war, womit Walter natürlich ausserordentlich zufrieden war.

5. Die Familie

Es hatte eine ganze Weile länger gedauert, als es Walter lieb war, aber nun war es endlich so weit: Die Familie war angereist. Walter holte seine Lieben am Flughafen Mogadishu ab. Die fremdartige Atmosphäre faszinierte Frau Walter vom ersten Augenblick an. Ihr gefielen wohl auch die allerdings mehr neugierigen als bewundernden Blicke, die der eleganten weissen Frau galten. Uneingeschränkte Bewunderung aber zollten alle Anwesenden dem kleinen, blonden Mädchen, von dem die Frau begleitet wurde. Walter schloss seine Gattin und die dreijährige Tochter in die Arme, fragte nach, ob sie einen guten Flug gehabt hätten und kümmerte sich dann um das umfangreiche Gepäck.

Auf der Fahrt durch die Hauptstadt und dann durch die Steppenlandschaft erklärte Walter seinen Beiden, was es alles zu sehen gab. Vieles war ja für ihn inzwischen schon zu einem gewohnten Bild geworden. Als aber Frau und Tochter einen Nomaden mit einer Schar Dromedare durch die Steppe ziehen sahen, waren sie hingerissen und begeistert von dem in ihren Augen idyllischen Bild. Im Lager angekommen, fuhren sie erst einmal bei dem Wohnhaus vor und besichtigten es von allen Seiten, ehe sie hineingingen. Die junge Somalifrau, zum Empfang in ihren besten Umhang gekleidet, begrüsste die Neuankömmlinge. Sie hatte zu deren Einzug alles sehr ordentlich hergerichtet. Nach ausführlicher Inaugenscheinnahme aller Räumlichkeiten ging es dann an's

Auspacken. Bald schon fühlten sich Frau und Tochter heimisch. Nach einem kleinen Imbiss wurde das kleine Mädchen erst einmal zum Schlafen gelegt. Es war von der langen Reise und von all' dem Erlebten so müde, dass es sich kaum noch auf den Beinen halten konnte. Die Eltern hingegen wollten sich draussen noch ein wenig umsehen. Es war gegen sechs Uhr abends, also die Zeit, um die in Äquatornähe die Sonne untergeht. Die Beiden gingen zum Lagertor hinaus und ein Stück die Strasse entlang, bis hin zu der Brücke über den Shebeli, auf dessen gegenüberliegender Seite das Dorf lag. Der Fluss glänzte silbrig im Abendlicht und die Bäume an seinem Ufer warfen wunderliche Schatten. Durch die Baumkronen lugten die Runddächer der Hütten des Dorfes. Das Abendkonzert der Tiere in Busch und Steppe hatte soeben begonnen. Arm in Arm standen die wiedervereinten Eheleute und genossen das lang entbehrte Beisammensein ebenso wie die romantische Stimmung des Tropenabends, wie es vielleicht so bald nicht wieder der Fall sein mochte.

Am folgenden Tag lernten die Familienmitglieder auch die anderen Bewohner des Lagers kennen. Das kleine Mädchen wurde sogleich zum erklärten Liebling Aller. Selbst Frau Lindlein führte dem Kind gern ihren kleinen Tiergarten vor. Inzwischen brachte Walter die auf seine Veranlassung im Reisegepäck mitgebrachte Schaukel an den Balken der Terrassenüberdachung an. Dies sollte schon bald der viel benutzte Lieblingsplatz seiner Tochter werden.

Schon nach verhältnismässig kurzer Zeit hatte man sich eingelebt, und das geordnete Familienleben bot auch für Walter eine gute Basis für seine Arbeit im Betrieb. Nach und nach fand sich bald ein Kreis von guten Freunden und Bekannten innerhalb und ausserhalb des Projekts zusammen, während die Harmonie im Projektbereich weiterhin durch Lindleins Eigenarten gestört wurde. Dieser hielt nach wie vor auf strenge Einhaltung hierarchischer Grundregeln. Es gab auch vereinzelte Europäer, die in den Vorstellungen der Apartheid lebten und folglich jeden privaten Umgang mit Somalis ablehnten.

Ausserhalb der Projektmannschaft gab es einige interessante Bekanntschaften. So freundete sich das Ehepaar Walter mit einer deutschen Familie an, welche im Rahmen der Tätigkeit der deutschen Volkshochschul-Organisation am kulturellen Austausch mit Somalia mitarbeitete. Mit ihnen trafen sie sich häufig zum Gedankenaustausch und zu gelegentlichen Ausflügen in die Umgebung von Mogadishu. Sehr beliebt war bei solchen Gelegenheiten ein somalisches Buschrestaurant am Stadtrand. Dort sass man auf Bastmatten im Schatten von Schirmakazien und kostete von den landesüblichen Spezialitäten. Der nur mit äusserster Vorsicht zu geniessenden Kamelmilch zogen sie allerdings doch den ortsüblichen, sehr süssen Tee vor. Und an Stelle von dem recht trockenen Kamelfleisch assen sie am liebsten von dem schmackhaften Ziegenbraten. Übrigens hatte diese Familie auch zwei Kinder, etwa im Alter von Walters Tochter, so dass es wenigstens gelegentlich geeignete Spielkameraden für das kleine Mädchen gab.

Auch mit einem italienischen Ingenieur hatte sich ein freundschaftliches Verhältnis entwickelt. Dieser arbeitete in der Zuckerproduktion im nahe gelegenen Jowhar. Die Ausflüge dorthin stellten jedes Mal ein kleines Abenteuer dar. Der Weg führte über die mit zunehmender Entfernung vom Lager immer schlechter werdende Strasse, welche kurz hinter Jowhar für normale Personenwagen nicht mehr passierbar war. In Jowhar war vor allem der lokale Markt immer wieder von besonderem Interesse. Es gab Tongefässe in allen erdenklichen Grössen, Bastflechtereien und allerlei andere lokale Gebrauchsartikel. Selbstverständlich gab es auch eine Auswahl an Lebensmitteln. Da diese aber in dem vorherrschenden feuchtwarmen Klima sehr schnell verdarben, widmeten die europäischen Besucher diesem Teil des Marktes kaum besonderes Interesse. Am Rande des Marktplatzes befand sich eine grosse Abfallhalde, auf der sich zu jeder Zeit Scharen von Marabus tummelten, die als Gesundheitspolizei fungierten und für die zügige Entsorgung aller Art von Abfällen zuständig waren.

Am jenseitigen Ortsende befanden sich ausgedehnte Zuckerrohrplantagen. Inmitten derselben lag die Fabrikanlage zur Zuckergewinnung. Abseits der Fabrik erstreckte sich ein weitläufiger Park, in dem verstreut die Wohnhäuser der italienischen Experten lagen. Ausserdem gab es noch einen kleinen Hain von Kokospalmen. Die deutschen Besucher wurden immer bestens bewirtet und hatten auch Gelegenheit, sowohl bei der Zuckerrohrernte als bei den Verarbeitungsprozessen zuzuschauen. Der Ingenieur, Signor Forini, war ein begnadeter Bastler und ein Waffennarr mit einer umfangreichen Waffensammlung. Er hatte bereits aus teilweise von weit her zusammengetragenen Einzelteilen ein leistungsfähiges Motorboot gebaut, welches zu Flussfahrten auf dem Shebeli diente. Jetzt liess er sich aus Italien die Bauteile für ein zweimotoriges Sportflugzeug anliefern, welches er auch bereits zu einem beträchtlichen Teil fertig gestellt hatte. Mit besonderem Stolz demonstrierte er seine Fertigkeit im Umgang mit seinen Waffen und seine Schiesskünste. Dazu pflegte er sich mit den Besuchern in den Palmenhain zu begeben, wo er mit gut gezielten Schüssen Kokosnüsse herabholte. Walter sollte später noch Gelegenheit bekommen diese Bekanntschaft ganz besonders zu schätzen.

Gern wäre Walter einmal weiter in das Land hinaus gefahren, dort wo die Strasse nach Beled Uen führte, aber das wäre nur mit einem geländegängigen Fahrzeug möglich gewesen, und ein solches stand ihm leider nicht zur Verfügung. Ausserdem begann schon kurz hinter Jowhar die freie, weitgehend gesetzlose Steppe, in der die Nomaden ihren eigenen Vorstellungen von Recht und Ordnung gemäss lebten. Beled Uen, nur etwa 150 Kilometer entfernt, ist der traditionelle Sammelpunkt der Schmugglerbanden und liegt an der Kreuzung der in Nord-Süd-Richtung mit den in Ost-West-Richtung verlaufenden Schmuggelwegen. Die Behörden hüteten sich, etwas gegen den florierenden Schmuggel aus Kenia und Äthiopien zu unternehmen, da sie den kriegerischen Nomaden, welche hier Weg und Steg bestens kannten, in keiner Weise gewachsen waren.

Auf einem der Ausflüge besuchte man auch die im Umland auf deutschen Rat angelegten Baumwollfelder. Ursprünglich war es eines der Ziele des deutschen Textilprojekts, in dem dazu gut geeigneten Klima eine landeseigene Baumwollproduktion in's Leben zu rufen, so dass die Textilverarbeitung mit eigenen Erzeugnissen betrieben werden konnte, eventuell auch noch Waren für den Export lieferte. Der Anblick der Baumwollfelder allerdings war deprimierend. Die Anpflanzungen waren schon lange nicht mehr gepflegt worden, und die Pflanzen waren zu einem grossen Teil völlig verdorrt. Ganz offensichtlich war die einheimische Bevölkerung nicht daran interessiert, mühsame Arbeiten zu verrichten, um vielleicht zu einem späteren Zeitpunkt die Ernte verkaufen zu können. Schliesslich hatte man ja bisher auch ganz gut ohne Baumwollanbau gelebt, und die wirtschaftlichen Zusammenhänge und zukünftigen Vorteile, die ihnen Fremde in einer fremden Sprache zu erläutern versuchten, interessierten sie im Grunde sehr wenig. Walter erkannte hier wieder einmal, dass das Textilprojekt möglicherweise schon bei einer seiner grundlegenden Voraussetzungen zum Scheitern verurteilt war.

Ein Beispiel dafür, was der Kolonistenfleiss italienischer Landwirte zu leisten in der Lage war, wurde den Walters auf einem anderen Ausflug vor Augen geführt. Sie waren auf einer gut zu befahrenden Sandpiste in das südwestlich ihres Standortes gelegene Wanleweyn gekommen. Dort befand sich schon seit Jahren eine von Italienern angelegte Farm. Durch sorgfältige Saatzucht und durch geniale Bewässerungsanlagen hatten sie die Steppe in ein

Paradies verwandelt. Insbesondere gab es ausgedehnte Bananenplantagen. Die kleinen und besonders süssen afrikanischen Bananen sind einer der beiden einzigen nennenswerten Exportartikel Somalias. Der zweite bestand im Export von Dromedaren, welche im Lande gezüchtet und dann hauptsächlich nach Saudi Arabien verschifft wurden. Die Besucher bewunderten die blühenden Felder, rätselten aber auch darüber, warum nur so wenige somalische Arbeitskräfte zu bemerken waren. Des Rätsels Lösung: Die Italiener betrieben die Anlage fast ausschliesslich mit importierten, zuverlässigeren europäischen oder nordafrikanischen Kräften.

Auf der Rückfahrt über die Hauptstadt bemerkten die Ausflügler wieder einmal das typische Bild eines somalischen Hirten, im Schatten einer Schirmakazie stehend und auf seinen unverzichtbaren langen Stock gestützt, dabei unbeweglich vor sich hin beziehungsweise auf seine grasenden Tiere schauend. Und sie fragten sich nachdenklich, wer wohl hier der Glücklichere sei: Der Somali mit seiner beschaulichen Lebensweise und ohne alle die Bedürfnisse des sogenannten zivilisierten Menschen, die Arbeiter auf der Farm, oder sie, die in ihrem Automobil schwitzend und unter dem Klima leidend durch das Land reisten.

Am Pfingstwochenende hatte Lindlein in einer seltenen Anwandlung sozialer Gefühle beschlossen, einen Betriebsausflug der Europäer nach Merca zu initiieren. Merca, einige Kilometer südlich von Mogadishu gelegen und auf einer ausgezeichneten Strasse zu erreichen, war berühmt für seine makellosen Sandstrände. Es war geplant, ein Zeltdach aufzuschlagen und ein ausgiebiges Picknick zu veranstalten, Badefreuden inbegriffen. So geschah es denn auch, und der Ausflug schien ein voller Erfolg zu werden. Gestört wurde der Genuss nur für diejenigen unter den Europäern, die es mit der Apartheid hielten. Zwei Somalifamilien mit einer zahlreichen Kinderschar hatten sich nämlich ebenfalls am Badestrand eingefunden und liessen sich durch die Europäer wenig stören. Dann geschah es auch noch, dass Walters Tochter sich erfreut zeigte, wieder einmal auf eine grössere Kinderschar zu treffen. Sie mischte sich unter die dunkelhäutigen kleinen Kobolde, und alle spielten einträchtig und vergnügt miteinander. So wurde die Veranstaltung nur teilweise ein Erfolg. Etwas Ähnliches wurde auch in den kommenden Monaten nicht wiederholt.

Einige Wochen später fand ein für besonders die Europäer gesellschaftliches Grossereignis in Mogadishu statt. Die Wirtschaftsfachleute der Botschaften und der Entwicklungshilfe-Organisationen hatten den somalischen Regierungsvertretern wohl überzeugend klar gemacht, dass es für das Wirtschaftsleben im Lande wichtig sei, eine grosse Industriemesse stattfinden zu lassen. Und so kam es nun zur ›Fiera della Somalia‹. Natürlich war auch der Textilbetrieb dabei vertreten. Bei dieser Gelegenheit lernten einige von dessen leitenden Mitarbeitern erstmalig die Vertreter der deutschen Botschaft kennen, die sich bisher so gut wie gar nicht um ihre Landsleute gekümmert hatten. Wie bei solchen Gelegenheiten üblich, wurden viele grosse und schöne Worte geredet. Man sprach über zukünftige Entwicklungsaussichten und noch zu realisierende Projekte, unterhielt sich über politische und private Probleme und war angeblich äusserst angenehm davon berührt, einander endlich einmal kennen gelernt zu haben. Und bald war die Fiera auch schon wieder vorüber. Eine Wiederholung wurde weder erwähnt noch geplant.

In der Anlage schleppte sich das Leben vorwiegend eintönig dahin. Vor allem den europäischen Ehefrauen, soweit sie nicht eine Beschäftigung in der Verwaltung gefunden hatten, wurde die Zeit länger und länger. Allerdings gab es auch jenen Fall, dass eine frustrierte Ehefrau sich in ihr Auto setzte und nach Mogadishu fuhr, um sich dort auf ihre Art zu amüsieren. Die genau beobachtenden Somalis bemerkten dies natürlich prompt und liessen es an sichtlich hämischen Kommentaren nicht fehlen. Ihre vom Islam geprägten Vorstellungen von dem Verhalten und von den Pflichten einer Ehefrau wichen ja ohnehin stark von dem ab, was ihnen hier von den europäischen Frauen vorgelebt wurde. Auch Frau Walter wurde zunehmend von Besorgnis erfüllt. Sie sah weder für sich noch für ihre Tochter ein auf die Dauer zufrieden stellendes Dasein in dem lokalen Milieu. Nach langem Überlegen und vielen intensiven Gesprächen kamen die Eheleute schliesslich überein, dass Frau und Kind bei nächster Gelegenheit ohne viel Aufhebens nach Deutschland zurückkehren sollten. Natürlich war sich Walter darüber im Klaren, dass das Leben in Somalia für ihn dadurch nicht einfacher werden würde. Aber das war im Interesse der Familienangehörigen nun einmal nicht zu ändern.

So wurde denn alles, was er allein nicht benötigte, zu-
sammengepackt und nach Deutschland auf den Weg
gebracht. Dann reisten Frau und Kind ab, mit der vagen
Aussicht, in den kommenden Monaten vielleicht noch
ein oder zwei Mal für kürzere Zeit zu Besuch zu kommen. Durch die weitere Entwicklung in Somalia wurde
das allerdings illusorisch.

Als Walter am Abreisetag allein vom Flughafen zurück-
kehrte, fühlte er sich recht verlassen. Ein wenig Trost
fand er in seiner Arbeit, und diese wollte er auf jeden Fall
bis zum vereinbarten Ablauf seines Vertrages fortführen.
Gelegentliche Abwechslung versprach er sich von Jagdausflügen und Fahrten durch das Land, welches er dabei
noch näher kennen zu lernen dachte. Und so würde er
wohl das Jahr bis zum Ablauf des Vertrages noch über-
stehen.

6. Jagdszenen

Unser Berater hatte inzwischen recht gute Kenntnisse des umgebenden Geländes erworben. Auch war er sich in viel stärkerem Masse der Risiken und Gefahren bewusst, welche ein Aufenthalt in der Steppenlandschaft mit sich brachte. So fuhr er jetzt in seiner freien Zeit immer öfter mit seinem Kombi auf Sandpisten in die weitere Umgebung hinaus, wobei er für gewöhnlich sein Jagdgewehr mit sich führte. Gelegentlich hielt er Ausschau nach jagdbarem Wild. Machte er Beute, so war das jedenfalls immer eine willkommene Abwechslung der im Allgemeinen recht eintönigen Kost im Lager. Viele der Dinge, die in Europa schnell und preisgünstig zu beschaffen waren, gab es in Somalia entweder überhaupt nicht oder sie waren exorbitant teuer. So kostete schon ein ganz normaler Apfel den Gegenwert von fast einem Dollar. Manches wurde auch umständlich und unter erheblichem Kostenaufwand aus Europa herangeschafft. Frisches Fleisch war immer eine Delikatesse, und der Kantinenkoch war dankbar, wenn Walter von seinen Ausflügen ein erlegtes Tier mitbrachte.

Besonders häufig liefen ihm Warzenschweine über den Weg, aber ehe er aussteigen und zum Schuss kommen konnte, waren die flinken Tiere fast immer schon wieder im Busch verschwunden. Dabei waren sie nicht nur die grössten Tiere, deren Jagd ihm erlaubt war, sondern er hatte hier auch als Jäger praktisch keine Konkurrenz. Die Somalis hielten sich streng an die Regeln des Koran, welche ihnen den Verzehr jeder Art von Schweinefleisch untersagen. Andererseits waren sie dankbar, wenn sie von einigen dieser Wühler befreit wurden. Wegen ihrer Gewohnheit, den Boden zu durchwühlen und dabei beachtliche Gruben zu hinterlassen, stellten sie eine Gefahr vor allem für die Dromedare dar. Wenn diese in eine solche Grube traten und sich dabei ein Bein brachen, was hin und wieder geschah, dann mussten sie notgeschlachtet werden. Das aber stellte für den Besitzer jedes Mal einen beträchtlichen Verlust dar. Schliesslich handelte es sich um Zuchttiere. Hinzu kam, dass Kamelfleisch nicht besonders wohlschmeckend ist und somit kaum einen Marktwert besitzt. Warzenschweine zu töten, nur um sich von dieser Plage zu befreien, fiel den Somalis allerdings auch nicht ein. Das wäre eben nur eine Verschwendung von Zeit und Munition gewesen, ohne dass man mit dem erlegten Tier etwas hätte anfangen können.

Eines Tages fuhr Walter wieder in ein Gebiet, in dem er schon des Öfteren Warzenschweine beobachtet hatte. Diesmal hielt er an, stellte den Motor des Fahrzeuges ab und stieg aus. Dann schaute er sich aufmerksam um und entdeckte tatsächlich schon bald eine Gruppe von vier Tieren, die in gemächlichem Trott in einiger Entfernung vorbeiliefen. Oft waren im Gebüsch nur ihre Schwänze zu erkennen, welche sie nach ihrer Gewohnheit beim Laufen steil in die Höhe reckten, so dass sie fast wie Periskope wirkten. Er zielte sorgfältig auf das erste Tier und erlegte es mit einem Blattschuss, was ihn selbst nicht wenig erstaunte. Aber nun stand er vor einem Problem, mit dem er nicht gerechnet hatte. Es handelte sich nämlich um einen ausgewachsenen Keiler, und er musste sehr bald feststellen, dass er ihn zwar mit viel Mühe bis zu seinem Wagen ziehen konnte, aber nicht in der Lage war, ihn auf die Ladefläche zu heben. Was war also zu tun? Nach kurzem Überlegen deckte er den Körper des Tieres mit einigen Zweigen zu und fuhr dann eilends zum Lager, um von dort Hilfe zu holen. Glücklicherweise traf er gleich am Tor auf Graf, einen deutschen Spinnerei-Experten. Diesen bat er, ihn zu begleiten, um die Beute einzusammeln. Nur mit Anstrengung schafften sie es, zu zweit das Tier in den Wagen zu heben, und dann ging es im Triumph zur Kantine, wo mit Hilfe des Kochs die Beute ausgeladen und in einer der grossen Kühltruhen verstaut wurde. So konnten sich die Europäer im Lager auf einige gewaltige Portionen Schweinefleisch freuen.

Dann kam das Wochenende heran, an dem Signor Forini Walter zu einer Fahrt mit seinem Motorboot auf dem Shebeli eingeladen hatte. Sein Gewehr solle er auf jeden Fall mitbringen, da sich möglicherweise eine Jagdgelegenheit ergeben werde. Am Sonntagmorgen starteten also die beiden Europäer zu der Bootsfahrt. Gesteuert wurde das Boot von einem von Forini gut angelernten Somali. Zunächst ging die Fahrt flussaufwärts. An den Flussufern wucherte eine üppige Vegetation. An einer flachen, sandigen Stelle tränkten Somalijungen eine der gemischten Schafs- und Ziegenherden. Diese Vermischung der beiden Tierarten ist im Lande allgemein üblich, und die somalische Sprache kennt auch nur einen einzigen Begriff für die gemeinsame Bezeichnung derselben. Das Flusswasser war trübe und von einer lehmgelben Farbe, wurde aber von den Einheimischen ohne Bedenken benutzt, auch ungekocht und ungefiltert getrunken. Schliesslich tranken die Tiere es ja auch, und sie wurden davon nicht krank.

Nach etwa einer Stunde Fahrt kehrten sie um und liessen sich mit laufendem Motor den Fluss hinab treiben. Es ging an dem Gelände der Zuckerfabrik vorbei und noch eine kurze Strecke flussabwärts. Dabei passierten sie eine Bucht, in der sich eine grosse Herde Flusspferde tummelte. Die Tiere liessen sich durch das vorbei fahrende Boot nicht weiter stören. Kurz darauf bedeutete Forini dem Bootsführer, den Motor ganz abzustellen. Auf einem im Wasser liegenden, mächtigen Baumstamm hatte er ein ausgewachsenes Krokodil entdeckt. Schnell machten sich die beiden Jäger schussbereit, und Forini bedeutete seinem Gast, dass sie auf sein Zeichen hin gleichzeitig auf das Tier schiessen sollten. So wäre die Möglichkeit eines tödlichen Treffers am grössten. Als sie nun langsam an dem Krokodil vorbeitrieben, gab der Italiener das Zeichen und zwei Schüsse unterbrachen die morgendliche Stille. Das offensichtlich getroffene Tier bäumte sich auf und fiel seitlich von dem Baumstamm in's Wasser. Forini ärgerte sich, als er es im Wasser verschwinden sah und ihn damit der Möglichkeit beraubte, die Beute sicherzustellen. Schon bald liess er umkehren, und sie fuhren wieder heimwärts. Den Rest des Sonntags verbrachten sie in der Wohnanlage der italienischen Experten mit einer guten Mahlzeit und guten Gesprächen. Der Deutsche genoss den erlebnisreichen Tag und fuhr erst am späten Abend wieder zurück.

Bei den Jagdausflügen mit Mussa, dem Mechaniker, erkannt Walter bald, dass er für das Jagen in der Steppe wohl doch nicht ganz passend ausgerüstet war. Sein Jagdgewehr taugte nicht dazu, Niederwild oder gar Vögel zu schiessen, selbst für die Jagd auf Warzenschweine würde sich eine Schrotflinte besser eignen. So griff er gleich zu, als er von einem Deutschen, der nach Beendigung seines Vertrages das Land verliess, eine alte, aber noch sehr brauchbare italienische, einläufige Schrotflinte erwerben konnte. Nun fand auch Mussa mehr Vergnügen daran, mit ihm auf die Jagd zu gehen. Beide genossen es in den nächsten Monaten, durch die Steppe zu streifen und gelegentlich ein paar Dik-Diks oder einige der recht häufig vorkommenden Pharaonenhühner mit nach Hause zu bringen. Die Küche des Lagers profitierte davon, sehr zur Freude der darauf angewiesenen Europäer.

Nach wie vor war es wenig erfreulich für Walter, dass sich die Spannungen zwischen Lindlein und ihm immer weiter verschärften. Es kam zwar nicht zu offenem Streit, jedoch liess der Chef recht deutlich seine Missbilligung von Walters Umgang mit den Somalis durchblicken. An seiner Arbeit konnte er zwar nichts auszusetzen finden, unterliess aber auch jegliches Zeichen von Anerkennung. Trotzdem setzte Walter alles daran, das Arbeitsklima in der Verwaltung des Projekts unter diesen Spannungen nicht leiden zu lassen.

Aber zu dieser Zeit schien überhaupt eine allgemeine Spannung in der Luft zu liegen. Auch im Lager war die Stimmung alles andere als gut. Zum einen litt der

Zusammenhalt der Europäer dadurch, dass sich der Chef mit seiner Familie und seinem Personal fast völlig abgeschottet hatte. Dann hatten einige der Europäer, welche nicht aus Deutschland stammten, sich an ihre jeweiligen Landsleute angeschlossen, die in der Mehrzahl bei ihren Botschaften in Mogadishu beschäftigt waren. Auch wurde Walter von dem einen oder anderen seiner deutschen Kollegen mit Misstrauen beobachtet, zum einen wegen Lindleins Verhalten ihm gegenüber und zum anderen wegen seiner guten Beziehungen zu einzelnen, vor allem gebildeten Somalis. Von der Hauptstadt her breitete sich zudem ein unbestimmbar unheilschwangeres Klima aus. Die deutsche Botschaft schien in einen unguten Schlaf gefallen zu sein. Man sah und hörte so gut wie nichts von dort, und alle offiziellen deutschen Aktivitäten waren weitgehend eingestellt worden. Das galt auch für das Volkshochschul-Projekt. In diesem Zusammenhang waren auch Walters Bekannte nach Deutschland zurück beordert worden. Selbst den Somalis war anzumerken, dass irgendein Unheil drohte. Die Polizei hatte sich zum grössten Teil in ihre Unterkünfte zurückgezogen, während die Armee ihre Einheiten an strategischen Punkten konzentrierte und an einigen Stellen im Busch streng bewachte Lager eingerichtet hatte. Glücklicherweise hielt sich die somalische Bank für einige Zeit genauestens an die das deutsche Projekt betreffenden Regelungen, so dass finanzielle Probleme vorübergehend für die Leitung des Baumwollbetriebes keine Rolle spielten. Was jedoch der Grund für die lokalen Spannungen sein konnte, blieb den Europäern im Lager zunächst rätselhaft.

In dieser Zeit erschien auch endlich der schon vor längerer Zeit vom Chef angeforderte Experte von der deutschen Entwicklungshilfegesellschaft. Ohne vorherige Ankündigung wurden die Mitarbeiter der Verwaltung plötzlich mit einem neuen ›Experten‹ konfrontiert, den Lindlein am Vortage vom Flughafen abgeholt und im Gastzimmer seines Hauses untergebracht hatte. Herr Romanus solle sich nun intensiv um eine Revision des Rechnungswesens kümmern, wurde ihnen eröffnet. Unser Experte für eben diesen Bereich erkannte allerdings schon nach wenigen Tagen, dass Romanus erschreckend wenig von der Materie verstand, und bei sich nannte er ihn nur noch ›Ignoramus‹. Aber nun hiess es zunächst einmal, mit der neuen Situation leben, ohne dass die Arbeit im eigenen Ressort leiden durfte. Das war umso einfacher, als Romanus seine Zeit ohnehin vorwiegend mit Lindlein in dessen Büro verbrachte.

Übrigens gab es neuerdings noch eine eigenartige Jagdszene zu beobachten: Die Baumwollschuppen waren in den letzten Wochen durch umfangreiche Lieferungen gut gefüllt worden. Das schien jetzt die Fledermäuse des ganzen Gebiets magisch anzuziehen. Zwischen den Stapeln der Rohbaumwolle und dem Schuppendach fanden sie den idealen Aufenthaltsort für die Tageslichtstunden. Am Abend dann konnten die Lagerbewohner beobachten, wie es gleich Rauchwolken aus den Lüftungsöffnungen der Schuppen quoll. Es waren wohl Tausende von Fledermäusen! Das blieb auch andernorts nicht unbemerkt. Schon bald waren mindestens ein Dutzend Falken zur Stelle. Wegen des eigenartigen Schaukelflugs der Fledertiere konnten die Falken ihr Ziel nicht präzise ansteuern, also stiessen sie einfach blind in die Menge der herausströmenden Objekte und verliessen sich darauf, dass sie dabei das ein oder andere Tier erwischen würden. Bei jedem dritten oder vierten Anflug hatten sie mit dieser Methode auch Erfolg.

Walter hatte bei seinen Besuchen in der Hauptstadt diese inzwischen recht gut kennen gelernt.

Die für ihn interessanten Restaurants und Ladengeschäfte waren ihm vertraut geworden. So schätzte er unter anderem ein vorzügliches chinesisches Lokal. Und wenn er sich einmal wieder mit italienischer Küche verwöhnen lassen wollte, dann besuchte er das Spitzenrestaurant im Croce del Sud, welches eine erstklassige Küche besass. Ganz besonders schätzte er die vorzüglichen Fischgerichte, für die der Indische Ozean sozusagen gleich vor der Tür alles an Delikatessen lieferte, dessen ein verwöhnter Gaumen bedarf.

Unter den Ladengeschäften in der Hauptstrasse hatte er eines entdeckt, in dem allerlei Dinge für die Ausstattung eines Hauses angeboten wurden. Darunter waren auch mehrere aus China stammende Möbelstücke, die sein Interesse fanden. Insbesondere waren da eine Truhe, über und über mit Schnitzereien bedeckt und ein ebenfalls mit wunderschönen, reliefartigen Schnitzereien versehener, runder Tisch. Beide waren aus dem Holz des Kampferbaums angefertigt. Solche Truhen eigneten sich besonders für die Aufbewahrung von Wäsche, da die

Ausdünstungen des Holzes gerade bei einem feuchtwarmen Klima verhindern, dass sich Stockflecken bilden. Der Tisch mit vier dazu passenden Hockern war ein Meisterwerk. Die von einer Glasplatte geschützte Oberseite stellte eine Kampfszene aus frühchinesischer Zeit dar. Rundum waren Tisch und Hocker dazu mit allegorischen Szenen versehen. Auf die Frage nach dem Preis für diese Möbelstücke nannte der Händler zunächst Beträge, welche zusammen genommen mehr als 2,000 Dollar ausmachten. Das war nach Walters Meinung natürlich viel zu teuer. Er versuchte erst einmal, den Preis herunterzuhandeln, kam damit aber nicht allzu weit. Nun wandte er eine ziemlich raffinierte Taktik an: Er verliess das Geschäft und besprach das weitere Vorgehen mit seinen somalischen Mitarbeitern Giama und Fareed. Dabei ging er davon aus, dass diese besonderen und ziemlich teuren Stücke vorerst keinen Käufer finden würden. Also gingen nun seine beiden Mitverschwörer in Abständen von ein bis zwei Wochen in das Geschäft und fragten nach den Preisen für die bewussten Gegenstände, um dann mit dem Bemerken, dass dies doch viel zu teuer sei, wieder davonzugehen. Wie Walter erwartet hatte, wurde der Preis bei jedem Besuch etwas niedriger. Nach zwei Monaten betrat er den Laden erneut. Er äusserte sein Erstaunen, dass die Stücke immer noch nicht verkauft seien und meinte, das liege wohl an den viel zu hohen Preisen. Der Händler, froh, dass sich wieder ein ernsthafter Interessent gefunden hatte, war nun bereit, bei sofortiger Barzahlung und Abnahme beider Artikel den Preis noch weiter herabzusetzen. Am Ende zahlte Walter für die begehrten Möbelstücke einen Preis von etwas weniger als 700 Dollar. Von nun an zierten seine kostbaren Erwerbungen sein Domizil, und er erfreute sich immer wieder an ihrem Anblick. Es gelang ihm auch später, sie nach Deutschland transportieren zu lassen, wo sie fast unbeschädigt ankamen.

7. Safari nach Kisimayo

Wegen des bevorstehenden Osterfestes zeichneten sich ein paar freie Tage ab. Zu dieser Gelegenheit wollte Walter sich einen schon lange gehegten Wunsch erfüllen. Er plante nämlich einen etwas längeren Ausflug, der ihm die Möglichkeit eröffnen sollte, mehr vom Land kennen zu lernen. Dazu sollte es nun zu der weit im Süden Somalias liegenden Hafenstadt Kisimayo gehen. Ganz allein über die schlechten Strassen und Pisten dorthin zu fahren, erschien ihm allerdings zu riskant. Daher besprach er sich mit seinem Gefährten von vielen Jagdausflügen, und Mussa war nur zu gern bereit, ihn auch auf dieser Fahrt zu begleiten. Schon einige Tage vor der Fahrt ging man an die notwendigen Vorbereitungen. Reservekanister und Werkzeug wurden verladen, ebenso wie eine Schaufel und Bretter als Unterlage, falls das Fahrzeug einmal im Sand stecken bleiben sollte. Dazu kamen Decken für eventuelle Übernachtungen im Freien. Noch ein wenig Proviant für alle Fälle und das Gewehr luden sie vorsichtshalber auch mit ein. Bald war alles bereit, und in wenigen Tagen konnte die Fahrt beginnen.

Während Walter noch in der Vorfreude auf die Reise schwelgte, sprach sich sein Plan auf rätselhafte Weise herum, obwohl weder Mussa noch er selbst mit jemandem darüber gesprochen hatten. Die Folge war, dass sich zwei Tage vor der geplanten Abreise sowohl Abdallah als auch Romanus bei ihm meldeten und den Wunsch äusserten, an dem Ausflug teilzunehmen. Es war ihm zwar gar nicht recht, aber es wäre unter Berücksichtigung aller Umstände unklug gewesen, die Wünsche der beiden ›Spione‹ abzulehnen. So erhöhte sich also die Zahl der Teilnehmer an der Safari auf vier.

Früh am Freitag vor Ostern starteten sie. Zunächst ging es auf der viel befahrenen Strasse, die ja allen Teilnehmern bestens bekannt war, nach Mogadishu. Von hier führte eine ebenfalls recht gute Strasse nach Merka und weiter nach Brava, dem Bananenhafen. Hier aber hörte die mehr oder weniger gut erhaltene Strasse ganz auf. Ab jetzt gab es nur noch eine von Transportfahrzeugen zerpflügte Sandpiste. Die Reisegeschwindigkeit reduzierte sich auf maximal 30 kmh. Die erste Pause wurde nach etwa einer Stunde Fahrt auf dieser Piste fällig, weil das Fahrzeug zum ersten Mal im Sand feststeckte. Unter Leitung des erfahrenen Mussa waren sie zwar bald wieder flott, aber den Reisenden war doch nach den Anstrengungen sehr nach einer Fahrtunterbrechung zumute. Der Strand befand sich in unmittelbarer Nähe, und so nahm man zunächst erst einmal ein ausgiebiges Bad im Meer. Bis zum Anbruch der Dunkelheit war es noch etwa eine Stunde. Also fuhren sie noch eine Strecke weiter.

Kurz vor dem Dunkelwerden trafen sie auf ein Buschrestaurant am Rande der Strasse. Das schien eine gute Gelegenheit für ein kräftigendes Abendessen und die Auswahl eines Platzes für die erste Übernachtung zu sein. Das Essen war schon fertig zubereitet: Man hatte eine alte Öltonne in den Boden eingegraben und sie mit Reisig gefüllt, welches schnell und mit grosser Hitze brannte. In die Glut wurden dann grosse Stücke Ziegenfleisch zum Garen gelegt. Nachdem unsere Reisenden die anhaftenden Aschenreste abgestreift hatten, genossen sie ein vorzügliches Mahl. Die Betreiber des Buschrestaurants zeigten ihnen auch, wo sie in einem Verhau aus Büschen eine annehmbare und sichere Stelle finden konnten, um ihr Nachtlager zu bereiten.

Die Nächte sind in Äquatornähe am Indischen Ozean nicht besonders kühl, und so erwachten sie am nächsten Morgen gut ausgeruht und bereit zu neuen Abenteuern. Die Morgentoilette konnten sie am nahen Strand verrichten, und als Frühstück gab es kaltes Ziegenfleisch, dazu heisses, sehr süssen Tee sowie einige Kekse aus dem eigenen Vorrat.

Nachdem sie in Ruhe ihr Frühstück eingenommen hatten, fuhren die Reisenden frühzeitig weiter. In ihrem ersten Teil war die Sandpiste durch den Busch trocken und festgefahren, so dass sie einigermassen zügig vorankamen. Je mehr sie sich jedoch dem Flussbereich des parallel zur Piste verlaufenden Shebeli näherten, desto morastiger wurde streckenweise der Boden, und Walter, welcher den Platz am Steuer des Wagens während der ganzen Safari mit keinem der Mitfahrer tauschte, lenkte das Fahrzeug mit grösster Vorsicht um die zahlreichen Schlammlöcher herum. Es ging auch vergleichsweise glatt. Statt im Morast blieben sie allerdings an diesem Vormittag dreimal in tiefem Sand stecken, mussten aussteigen und den Wagen wieder flottmachen. Aber diese Prozedur kannten sie ja nun schon zur Genüge, und es dauerte nie länger als eine Viertelstunde, das Fahrzeug wieder in Gang zu bringen.

Kurz vor dem Erreichen der kleinen Ortschaft Jamama erreichten sie das Ende des Sumpfgebietes, in dem die Reste des Shebeliwassers versickern. Es geschieht nur alle paar Jahre einmal, dass der Fluss seine Einmündung in den Juba, den zweiten grossen Fluss Somalias, erreicht und damit sein Wasser in den Indischen Ozean ergiesst. Beide Flüsse entspringen übrigens gar nicht sehr weit voneinander entfernt, in den Bergen Äthiopiens. In besonders regenreichen Jahren führt der Shebeli Hochwasser und überflutet dann das Sumpfgebiet. In solchen Zeiten ist allerdings auch die Piste unpassierbar, da sie auf weite Strecken unter Wasser liegt.

Als wieder eine trockene Strecke vor ihnen lag, beschlossen die Reisenden, eine Fahrpause einzulegen und im Busch neben der Piste Ausschau nach jagdbarem Wild zu halten. Nach einigem Umherstreifen trafen Walter und Mussa dann auch auf einige Pharaonenhühner. Mit einer Schrotladung erlegte Walter drei von ihnen, kurz bevor sie aufflogen. Inzwischen wusste er aus Erfahrung, dass diese Hühnervögel bei Gefahr immer zunächst davonlaufen. Erst wenn der Jäger eine ganz bestimmte Fluchtdistanz unterschreitet, fliegen sie auf. Damit wird dann auch optimale Entfernung und Zeitpunkt für den Schuss bestimmt.

Als die beiden Jäger mit ihrer Beute zurückkamen, wollte Romanus unbedingt mit einem der Vögel und Walters

Gewehr in den Händen fotografiert werden. Vermutlich beabsichtigte er, mit dem Bild später bei seinen Bekannten und Kollegen in Deutschland Bewunderung zu erregen. Walter tat ihm schmunzelnd den Gefallen. Anschliessend ging es auf der nun immer besser werdenden Piste nach Jamama. Im Dorf liessen sie sich gegen Lieferung von zweien der erbeuteten Vögel ein schmackhaftes Mittagessen zubereiten. Dann fuhren sie zügig weiter, denn man wollte noch am gleichen Tage in Kisimayo ankommen.

Wenige Kilometer hinter dem Dorf stiessen sie auf einen kleinen Obelisk am Wegesrand. Der Stein wurde gekrönt von einem fünfzackigen Stern, dem Emblem Somalias, und in der Vorderseite war die Bezeichnung ›Äquator‹ eingemeisselt. Natürlich stiegen sie alle aus, und es wurden die obligaten Erinnerungsfotos gemacht. Schon bald danach wurde die Sandpiste abgelöst von einer zwar völlig versandeten, aber immerhin ganz ordentlich befahrbaren Strasse. Diese mündete nach einer kurzen Strecke in eine grössere, sehr gute Strasse ein, die quer zur bisherigen Fahrtrichtung verlief. Gleich hinter der Einmündung lag in Richtung ihres Reiseziels eine Ansammlung sehr europäisch anmutender Steinhäuser. Diese stellte sich als das Lager einer deutschen Strassenbaufirma heraus, dem die Gruppe einen Besuch abstattete.

Die Baufirma arbeitete im Auftrag der Entwicklungshilfe an einer Verbindungsstrasse vom Hafen Kisimayo nach Afmadu im Landesinneren und von da aus weiter zur kenianischen Grenze. Gleichzeitig sollte eine Strasse in nördlicher Richtung über Jilib am Juba entlang die Anbindung an das äthiopische Strassennetz sicherstellen. Die deutschen Bauingenieure koordinierten die Arbeiten von ihrem Lager bei Jilib aus. Walter unterhielt sich mit seinen Landsleuten über gemeinsame Probleme. Dann luden diese ihn für den folgenden Tag ein, denn heute wollte er mit seinen Mitreisenden möglichst noch am Abend Kisimayo erreichen. Herzlich verabschiedete man sich und freute sich schon jetzt auf das morgige Treffen.

Auf der hervorragend ausgebauten Strasse waren die Reisenden schon kurze Zeit später am südlichsten Punkt ihrer Reise angelangt. Zunächst hielten sie Ausschau nach einem halbwegs ordentlichen Gasthaus. Sobald sie etwas Passendes gefunden hatten, gingen sie zum Abendessen in ein benachbartes Lokal. Ausser dem Restaurant gab es hier auch eine Tanzbar. Als Romanus dies bemerkte, gab es für ihn kein Halten mehr. Das war eine Umgebung, in der man den Abend auf angenehme Art verbringen konnte! Die drei Anderen stimmten mehr aus Höflichkeit als aus eigenem Antrieb zu, ihn zu begleiten. Es sollte vielleicht noch bemerkt werden, dass es sich bei den Somalis um einen ausgesprochen gut aussehenden Menschenschlag handelt und ihr Aussehen durchaus auch mit europäischen Vorstellungen von Schönheit konkurrieren kann. Romanus hatte schon bald eine attraktive Tanzpartnerin gefunden, und er schien durchaus gewillt, mit dieser auch die bevorstehende Nacht zu verbringen. Er drang in Walter, doch auch eine der hübschen Somalinnen auszuwählen, so dass sie mit den Mädchen die Zimmer teilen könnten. Walter lehnte konsequent ab, und auch die beiden somalischen Reisegefährten verhielten sich eher reserviert. Abdallah hatte sich ohnehin während der ganzen bisherigen Reise ausgesprochen zurückhaltend gezeigt, und Mussa war Romanus gegenüber von vornherein mehr als skeptisch. So musste letzterer allein zusehen, wie er mit seinen Problemen zurechtkam. Die anderen Reisenden zogen sich bald zurück, um am nächsten Tag ausgeruht die Rückreise antreten zu können.

Am Morgen des Ostersonntags erschien Romanus unausgeschlafen und schlecht gelaunt mit einiger Verspätung zum Frühstück. An dem Rundgang durch die saubere, kleine Hafenstadt nahm er nicht teil. Dann machte man sich wieder auf den Weg. Im Strassenbaulager wurden sie wieder herzlich empfangen. Sie kamen in den Genuss einer fachlich kompetenten Führung, und der Bauleiter und einer seiner Ingenieure zeigten und erläuterten ihnen die Pläne, sprachen mit ihnen über die Probleme mit den einheimischen Arbeitern und diskutierten auch die Lage im Lande. Romanus zog sich bald mit dem Bauleiter zu einem, wie er es nannte, Fachgespräch über Entwicklungshilfe zurück. Walter wurde von dem Ingenieur zu dessen Haus eingeladen. Der Ingenieur führte ihn durch das Haus, wobei sie zum Schluss in einen Raum gerieten, dem schon beim Öffnen der Tür ein starker Raubtiergeruch entströmte. Der Ingenieur hatte zwei junge Geparde in der Steppe aufgelesen, die kurz vor dem Verhungern waren. Nun ›wohnten‹ sie bei ihm! Die Tiere hatten sich zwar an ihren menschlichen Hausgenossen einigermassen gewöhnt, waren aber wohl kaum als vollständig gezähmt zu betrachten. Nun wurde Walter auch klar, warum die Unterarme seines neuen Bekannten von blutigen Kratzspuren bedeckt waren. Respektvoll versuchte er, die Tiere zu streicheln, und schon legte eines von ihnen ›vertraulich‹ die Tatze auf seinen Arm. Nun sollte man wissen, dass Geparde im Gegensatz zu anderen Raubkatzen ihre Krallen nicht einziehen können. So trug auch Walter als Andenken an die Zutraulichkeit des Tieres eine beachtliche Kratzspur an seinem Arm davon. Er sah dann auch lieber von weiteren Sympathiebezeugungen ab.

Beim weiteren Herumstreifen im Lagergelände entdeckte Walter einen Haufen Basaltgestein, welches eine rötliche Färbung aufwies. Interessiert besah er sich die Steine näher. Dabei bemerkte er, dass einzelne Steine an den Bruchkanten deutliche, dunkle Zeichnungen von farnähnlichen Pflanzen hatten. Der Ingenieur erklärte ihm dazu, dass es sich um Gestein aus lokalen Steinbrüchen handele und dass solche Zeichnungen bei diesen Steinen nichts Ungewöhnliches seien. Als Erinnerung an seinen Besuch nahm Walter ein paar dieser Steine mit. Später wurden sie seiner Sammlung von allerlei Memorabilia aus aller Welt einverleibt, die ihn immer wieder an all' die Gegenden erinnerte, welche er in seinem bewegten Leben besucht hatte.

Nachdem die vier Reisenden im Baulager noch ein gutes und reichliches Mittagessen nach deutscher Art zu sich genommen hatten, machten sie sich wieder auf den Weg. Das dritte der erlegten Pharaonenhühner, welches sie noch mit sich führten, überliessen sie ihren freundlichen Gastgebern.

Zunächst fuhren sie auf der neuen Strasse nach Afmadu, wo sie auf ausgedehnte Plantagen trafen, die auch noch aus der Zeit der italienischen Kolonialherrschaft stammten. Im Westen dieses Farmgebietes begann die Maasaisteppe, welche sich von hier aus weit nach Südwesten erstreckt, durch ganz Kenia bis weit nach Tansania hinein. Auf der Plantage konnten sie sich reichlich mit köstlichem frischem Obst eindecken. Danach setzten sie ihren Weg in Richtung Jilib fort, von wo sie dann bald wieder die Piste erreichten, die ihnen noch von der Hinreise in Erinnerung war. Diesmal gab es nicht ganz so viele Behinderungen wie zwei Tage vorher. Nur zweimal wurden sie durch Festfahren in tiefem Sand aufgehalten und erreichten schon am späten Nachmittag das Buschrestaurant, bei dem sie schon einmal Rast gemacht hatten. Auch jetzt wählten sie diesen Platz für Abendessen und Übernachtung aus.

Am nächsten Morgen machte Mussa den Vorschlag, für den Rückweg eine andere Strecke zu wählen und so einen weiteren Teil des Landes kennen zu lernen. Er kannte eine gut befahrbare Sandpiste, die westlich an Mogadishu vorbei nach Wanleweyn führte. So würden sie auch noch Gelegenheit haben, die Bananenplantagen um Giennale zu besuchen. Walter stimmte dem Vorschlag begeistert zu. Schon nach wenigen Kilometern erreichten sie den Shebeli, welcher hier nicht sehr breit und von einer primitiven, aber tragfähigen Brücke überspannt war. Sie überquerten den Fluss und fanden eine trockene, festgefahrene Piste vor, auf der sie verhältnismässig schnell und ohne besondere Schwierigkeiten voran kamen.

Nach etwa zwei Stunden Fahrt erreichten sie Wanleweyn. In den Bananenplantagen herrschte helle Aufregung: Eine Herde Elefanten war in die Plantage hineingeraten, und die Tiere traten Bananenstauden nieder, rissen viele Stauden aus, und es schien fast so, als machten sie sich ein Vergnügen daraus, die Anpflanzungen zu verwüsten. Alle in der Plantage Beschäftigten versuchten, die Tiere mit lautem Geschrei und Getöse zu verjagen. Unsere Vier beteiligten sich an diesen Versuchen nach Kräften, und nach einiger Zeit zogen die Elefanten schliesslich ab. Alles beruhigte sich langsam wieder, und die Reisenden konnten in der Kantine der Anlage auch noch ein aus landesüblichen Spezialitäten zubereitetes Mittagsmahl einnehmen.

Die Piste von Wanleweyn nach Jowhar, die Walter noch von früheren Fahrten bekannt war, befand sich ebenfalls in einem gut befahrbaren Zustand. Bald war schon die Strasse von Jowhar nach Mogadishu erreicht, und rechtzeitig vor Einbruch der Dunkelheit trafen die Safariteilnehmer müde, aber glücklich wieder in der vertrauten Umgebung der eigenen Anlage ein.

Walter hätte nicht gedacht, dass dies sein letzter relativ unbeschwerter Ausflug in die weitere Umgebung sein würde. Nach und nach waren Änderungen eingetreten, welche Fahrten dieser Art wenig ratsam, wenn nicht überhaupt unmöglich erscheinen liessen.

Anfang des Jahres, es war das Jahr 1969, hatten Wahlen stattgefunden, bei denen der Premierminister Muhammad Haji Ibrahim Egal seine Vormachtstellung eingebüsst hatte. Im März wurde dann Abdirashid Ali Shermarke zum Präsidenten von Somalia gewählt. Die draussen im Lande verstreut lebenden Europäer erfuhren wenig über die politischen Entwicklungen. Es wurden nur eine eher allgemeine Unruhe und eine zunehmende Unsicherheit spürbar. Vor allem galt dies aber für die Hauptstadt. Zu den Experten des Textilprojekts sickerte nur nach und nach durch, was in Mogadishu vor sich ging.

Lindlein hatte durch seine besseren Verbindungen zwar einen erheblich besseren Durchblick, war aber nicht bereit, sein Wissen mit den anderen Europäern im Lager zu teilen. Allerdings bemerkten diese mit einigem Befremden, dass er verstohlen wertvollere Teile seines Hausrats verpacken liess, um sie eines nachts zum Hafen transportieren und, vermutlich in Richtung Deutschland, verschiffen zu lassen. Und es dauerte auch nicht lange, da wurde Romanus nach Deutschland zurück beordert. Ebenso geschah es mit mehreren in eher offizieller Funktion tätigen Landsleuten, so dass der Kreis von guten Bekannten, mit denen man Kontakte pflegte, immer kleiner wurde.

Eines Tages erschien im Lager ein Offizier der somalischen Armee, der den Wunsch äusserte, sich die Anlage einmal näher anzusehen. Lindlein führte ihn auch bereitwillig herum und zeigte ihm stolz alles, was er zu sehen wünschte. Er sah sich alle Einrichtungen aufmerksam an und machte sich dabei fleissig Notizen. Auch die Wohnbereiche schienen ihn sehr zu interessieren. Wie Walter später herausfand, gehörte der Offizier zu einer Armee-Einheit, welche ganz in der Nähe der Anlage im Busch ein Militärlager errichtet hatte.

Alle diese Geschehnisse und Nachrichten machten vor allem Walter äusserst hellhörig, und er beobachtete von nun an genauestens, was in der Umgebung vorging. So trafen ihn zumindest die kommenden Ereignisse nicht völlig unvorbereitet.

8. Revolution

In den nun folgenden Monaten herrschte eine unheilschwangere Ruhe. Allem Anschein nach lief alles wie gewohnt seinen Gang. Es gab nach wie vor die gelegentlichen Schwierigkeiten mit der Bank, und auch die übliche Unzuverlässigkeit unter der Arbeiterschaft nervte die europäischen Experten. Aber zusätzlich zu diesen gewohnten Schwierigkeiten bemerkten die Europäer doch eine gewisse, unbestimmbare Unruhe. Die Kontrollen am Tor der Anlage waren verschärft worden, und auch ausserhalb des abgeschlossenen Bereichs war eine verstärkte Präsenz von militärischem Personal zu bemerken. Auf den Strassen waren Kontrollpunkte eingerichtet worden, an denen die Europäer zumeist ungehindert passieren durften. Dennoch belastete die gespannte Stimmung alle Betroffenen.

In der Fabrik hatte sich der Arbeitsablauf inzwischen einigermassen eingefahren. Die Produktion war langsam angelaufen, und die ersten Stoffballen lagen verkaufsfertig im Lager. Auch eine erste Lieferung ägyptischer Rohbaumwolle war eingetroffen. So hofften die Verantwortlichen, dass sie schon in naher Zukunft ihre Produkte auf den Markt bringen konnten. Vorerst zogen sich allerdings die Verhandlungen mit der zuständigen Handelsbehörde des Landes noch in die Länge, und an einen Export der Ware war zunächst überhaupt noch nicht zu denken. Nichtsdestoweniger schickte Lindlein begeisterte Erfolgsmeldungen an die deutschen Partner des Projekts. Dann aber entlud sich die Spannung in einem tragischen Ereignis.

Der Präsident des Landes, Abdirashid Ali Shermarke, reiste im Oktober 1969 zu einem Inspektionsbesuch in den Norden Somalias. Als er am Flughafen von Hargeisha die Front der angetretenen Ehrenformation der Armee abschritt, nahm einer der Soldaten die Maschinenpistole von der Schulter, richtete sie auf den Präsidenten und tötete diesen mit einem kurzen Feuerstoss aus kürzester Entfernung. Diese Tat war das Signal zur allgemeinen Machtübernahme durch die Armee. Unverzüglich wurden überall im Lande die Quartiere der Polizeitruppen von Armeeeinheiten umstellt. Alle Anhänger des bisherigen Regimes wurden entmachtet und zum Teil verhaftet. Schon sechs Tage nach dem Attentat war der bisherige Premier, Muhammad Haji Ibrahim Egal, entmachtet und wurde unter Arrest gestellt. Von ihm war in den nächsten Wochen und Monaten nichts mehr zu hören und zu sehen. Die Macht in Somalia übernahm der bisherige Befehlshaber der Armee, der Generalmajor Muhammed Siad Barre als Diktator.

Nur recht spärlich erreichten die Nachrichten über alle diese Vorgänge die Europäer im Lager. Sie versuchten aber, ihre Arbeit in der üblichen Weise weiterhin zu verrichten. Schliesslich musste ja ein Machtwechsel nicht automatisch eine Veränderung ihrer Position mit sich bringen. Dass eine solche Auffassung einigermassen naiv war, sollte sich aber schon sehr bald zeigen.

Schon wenige Tage nach dem Machtwechsel wurden die Polizisten der Wachmannschaft abgelöst durch Armeesoldaten. Und eines Tages erschien ein Armeeleutnant, der eine Registrierung sämtlicher im Camp befindlichen Waffen vornahm. Während die meisten Europäer ihre Waffen registrieren liessen, gab Walter lediglich die seinerzeit erworbene italienische Schrotflinte zu Protokoll. Nicht zu Unrecht vermutete er, dass der Registrierung schon bald die Abgabe sämtlicher Waffen folgen würde.

Nun war für Walter aber erst einmal das dringende Problem zu lösen, was mit seinen nicht registrierten Waffen geschehen sollte. Was den Revolver betraf, so war es noch recht einfach, diese handliche Waffe zu verstecken. Notfalls konnte er sie in der Tasche tragen, zumal Körpervisitationen wohl kaum zu befürchten waren. Blieb das Jagdgewehr. Walter wusste, dass sein guter italienischer Bekannter, der Ingenieur Forini in Jowhar, sehr an dem schönen Stück interessiert war. Also zog er zunächst Erkundigungen ein, wie sich die Situation in Jowhar entwickelt hatte. Zu seiner Freude erfuhr er, dass die Somalis den dortigen Italienern durchaus wohl gesonnen waren. Immerhin waren diese ja schon lange im Lande und hatten beste Beziehungen zu den lokalen Behörden. Nach längeren Bemühungen gelang es Walter, eine telefonische Verbindung zu Forini herzustellen. Er fragte diesen, ob er daran interessiert sei, das Gewehr käuflich zu erwerben, beziehungsweise ob er bei einem eventuellen Erwerb irgendwelche Schwierigkeiten befürchten müsse, da die Waffe nicht registriert sei. Forini bekundete grosses Interesse an dem Kauf und sah auch keinerlei Probleme mit den dortigen Behörden. Also vereinbarte Walter mit ihm, dass er das Gewehr in den nächsten Tagen nach Jowhar bringen werde.

Das Transportproblem war schnell gelöst. Walter zerlegte die Waffe in ihre Einzelteile und deponierte diese unter dem Reserverad seines Wagens. Dann machte er sich auf den Weg. Glücklicherweise gab es auf der Strecke nach Jowhar nur einen einzigen Kontrollpunkt. Als Walter angehalten wurde, stieg er sofort aus und zeigte sich entgegenkommend und in jeder Beziehung kooperationsbereit, auf die Gefahr hin, dass der Kontrollposten ihn für besonders ängstlich hielt. Bereitwillig liess er den Soldaten zwischen und unter die Sitze schauen, öffnete ungefragt Kofferraum und Motorhaube und bot an, sein weniges Gepäck zwecks näherer Untersuchung auszuladen. Von soviel Entgegenkommen offensichtlich überwältigt, verzichtete der Soldat auf weitere Kontrollen. Eben das hatte Walter ja auch mit seinem Verhalten bezweckt. Und so konnte er befriedigt und erleichtert seine Fahrt fortsetzen.

In Jowhar traf er ein ganz anderes Klima an, als er es zuletzt von dem deutschen Projekt gewöhnt war. Die politischen Veränderungen im Lande hatten die Italiener und ihre lokale Situation fast völlig unberührt gelassen. Interessiert hörten sie sich an, was Walter aus seiner Arbeitsumgebung zu berichten hatte. Augenscheinlich befürchteten sie für die Zukunft in ihrem Bereich aber nichts Ähnliches. Die unterschiedliche Einstellung der neuen Machthaber hatte aber wohl auch ihre Gründe. Schliesslich hatten die Deutschen in der Vergangenheit die somalische Polizeitruppe als Gegengewicht zur Armee ausgerüstet und ausgebildet, während Italien sich ausschliesslich um kulturelle und landwirtschaftliche Belange gekümmert hatte. Eine irgendwie geartete Einmischung in politische Belange war nach dem Ende der Kolonialzeit aber nicht mehr erfolgt.

Der Verkauf des Gewehrs an Forini wurde abgewickelt, und der Italiener verleibte das neu erworbene Stück stolz seiner Waffensammlung ein. Übrigens waren seine Waffen nach dem Regimewechsel nicht einmal registriert worden. Als Zugabe händigte Walter ihm auch noch seine restliche Munition aus, da er für diese ja nun ohnehin keine Verwendung mehr hatte.

Nach einem erbaulichen Aufenthalt bei seinen italienischen Freunden machte er sich dann wieder auf den Rückweg. Erneut musste er beim Kontrollposten anhalten. Der diensthabende Soldat erkannte den freundlichen Europäer gleich wieder, grüsste nur und liess ihn diesmal ohne jede Kontrolle passieren. Glücklich über den reibungslosen Ablauf seiner Aktion langte Walter im Lager an. Die Torwache beäugte ihn zwar misstrauisch wegen seiner längeren Abwesenheit, hatte aber keinen Grund, ihm deswegen Schwierigkeiten zu machen. So konnte er in Ruhe und befriedigt über die gelungene Erledigung eines dringenden Problems sein Abendessen geniessen.

In der weiterhin unangenehmen Atmosphäre vergingen einige weitere Wochen. Die Weihnachtszeit war herangekommen. Keinem der Europäer war besonders weihnachtlich und nach Feiern zumute. Etwa eine Woche vor den eigentlichen Festtagen rief Lindlein die leitenden Mitarbeiter in seinem Büro zusammen. Er verkündete ihnen, dass er zu einer Konferenz mit den am Projekt beteiligten Stellen nach Deutschland reisen müsse. Gleichzeitig wolle er seinen ihm zustehenden Weihnachtsurlaub in der Heimat verbringen. Die Mitarbeiter waren wie vor den Kopf geschlagen. Bisher war von dieser Reise nicht die Rede gewesen. Immerhin bedeutete diese Veränderung, dass sie alle ab sofort zusätzliche Verantwortung für das Projekt zu tragen hatten, was in der vorherrschenden gespannten Situation eine erhebliche Belastung bedeutete. Natürlich waren damit auch alle Pläne für geruhsame Festtage und kleine Unternehmungen hinfällig geworden.

Den Mitarbeitern blieb nun nichts weiter übrig, als sich je nach ihren Möglichkeiten auf die neue Situation einzustellen. Am meisten war natürlich Walter betroffen, da er als Stellvertreter des Chefs die Hauptverantwortung zu übernehmen hatte. Zudem wurde ihm wohl als Erstem klar, dass mit einer Rückkehr Lindleins in absehbarer Zeit wohl kaum zu rechnen sein dürfte. Aber auch bei seinen Kollegen war bei der ohnehin herrschenden Anspannung die Stimmung auf das Äusserste gedrückt.

Schon kurze Zeit darauf reiste Lindlein ab. Während der Weihnachtstage blieb zunächst alles ruhig. Untereinander allerdings sprachen die europäischen Kollegen darüber, wie man sich im Fall einer weiteren Verschärfung der Lage möglicherweise absetzen könnte. Walter beruhigte seine Mitarbeiter und erklärte ihnen, dass er zu gegebener Zeit alle notwendigen Vorkehrungen treffen werde. Zur Zeit sei aber noch kein Anlass zur Panik gegeben, zumal sich die Unruhe unter der somalischen Belegschaft gegenwärtig weitgehend gelegt habe. Und so ging man dann auch mit sehr gemischten Gefühlen in das neue Jahr.

Schon in den ersten Januarwochen tauchten neue Schwierigkeiten auf. Die lokale Bank gebärdete sich widerspenstiger denn je. Nur mit viel Mühe konnte Walter erreichen, dass ihm wenigstens ausreichend Bargeld ausgezahlt wurde, um die somalischen Arbeiter und Angestellten zu bezahlen. Erst auf sein wiederholtes Drängen schaltete sich die Entwicklungshilfebank in Deutschland ein, aber den Somalis fielen dennoch immer wieder neue Ausreden ein, um die Auszahlungen zu verzögern. Einmal war das Geld aus Deutschland angeblich noch nicht eingetroffen, dann wieder gab es Schwierigkeiten mit der Devisenabteilung, dann waren die Bargeldvorräte gerade nicht ausreichend und so weiter. Hinzu kam, dass die Fahrten nach Mogadishu zu persönlichen Verhandlungen schwieriger und zeitraubender geworden waren, da das Militär immer noch Kontrollpunkte unterhielt, an denen es oft zu längeren Aufenthalten kam. Und nicht immer halfen ein paar Zigaretten oder ein Geldschein zum Zweck der Beschleunigung der Abfertigung weiter. Die Folge war, dass sich die Bezahlung der Somalis manchmal um einen oder gar mehrere Tage verzögerte.

Verständlicherweise hatten die Geldschwierigkeiten unmittelbar unangenehme Auswirkungen auf das Verhältnis zur einheimischen Belegschaft. Hatten die somalischen Angestellten noch Verständnis, zumal sie miterlebten, wie sehr sich Walter bemühte, so fehlte solches Verständnis den Arbeitern vollkommen. Hinzu kam, dass sich unter ihnen offenbar Aufwiegler gegen die Europäer an's Werk gemacht hatten.

Als sich wieder einmal die Auszahlung der Löhne um mehrere Tage verzögerte, kam es zum Eklat. Gleich nach Arbeitsschluss machte sich im Lager eine zunehmende Unruhe bemerkbar. Walter fiel zunächst nichts Ungewöhnliches auf, dann aber kam einer der Werkmeister an sein Haus und berichtete ihm, dass soeben jemand den zum Transport der Baumwollballen benutzten Gabelstapler angelassen und vom Betriebsgelände gefahren habe. Sofort begab sich Walter zum Tor und befragte die dort stationierten Armeesoldaten. Diese gaben sich sehr einsilbig und teilten ihm lediglich mit, dass der Gabelstapler in Richtung auf das hinter der Shebelibrücke liegende Dorf davongefahren sei. Über die Person des Fahrers oder über sonstige Einzelheiten konnten oder wollten sie keine Angaben machen. Da wegen der inzwischen hereingebrochenen Dunkelheit ohnehin kaum etwas auszurichten war, bat Walter die Europäer und den somalischen Personalchef, gleich am nächsten Morgen zu einer Lagebesprechung zu ihm zu kommen.

Am nächsten Morgen erfuhren die Europäer dann vom Personalchef nähere Einzelheiten. Letzterer hatte sich noch in den Abendstunden bei seinen Landsleuten umgehört und Einzelheiten über den Vorfall in Erfahrung gebracht. Die Arbeiter waren schon seit längerer Zeit von einem Somali aufgewiegelt worden, welcher sich früher einmal um eine Anstellung als Vorarbeiter beworben und auch schon mehrfach als Sprecher bei Lohnverhandlungen fungiert hatte. Wegen seiner Aufsässigkeit war seine Bewerbung seinerzeit abgelehnt worden. Am vergangenen Abend nun hatte er sich mit einigen Arbeitern zusammen getan und ihnen eingeredet, dass sie den Gabelstapler als Faustpfand für die ausstehende Lohnzahlung beschlagnahmen sollten. Gegenwärtig stand das Gerät im Dorf und wurde von einigen Arbeitern bewacht. Walter erklärte den versammelten Mitarbeitern, dass er zunächst versuchen wolle, die Angelegenheit mit Hilfe der zuständigen Behörden beizulegen. Gleichzeitig telefonierte er auch noch mit der Bank und mahnte die ausstehende Bargeldlieferung auf das Dringlichste an. Sein Glück wollte es, dass sich der Bankdirektor bereit erklärte, die Gelder noch am gleichen Morgen zur Abholung bereitzustellen. Daraufhin schickte Walter sofort seinen zuverlässigen Kassierer mit einem Fahrer und einem Soldaten der Wachmannschaft nach Mogadishu. Als er dies soweit erledigt hatte, ging er zu dem Offizier der Wachmannschaft und forderte diesen auf, für die sofortige Rückgabe des Gabelstaplers zu sorgen, da er sich anderenfalls gezwungen sähe, bei den zuständigen Regierungsstellen Beschwerde einzulegen und auch die deutsche Botschaft und die Entwicklungshilfegesellschaft über die Vorkommnisse zu informieren.

Es dauerte gar nicht lange, da teilte der somalische Wach-offizier Walter mit, dass er einen Staplerfahrer in's Dorf schicken und das ›beschlagnahmte‹ Gerät abholen lassen könne. Als dann um die Mittagszeit das Geld eintraf und unverzüglich der rückständige Lohn ausbezahlt werden konnte, war die Lage für dieses Mal anscheinend ent-schärft, und der Ablauf der täglichen Arbeit schien wie-der einmal für einige Zeit sichergestellt zu sein.

Um im Falle neuerlicher Überraschungen ähnlicher Art in Zukunft besser gerüstet zu sein, suchte Walter in den nächsten Tagen immer wieder das Gespräch mit denje-nigen der somalischen Angestellten, denen er vertrauen zu können glaubte. Bei den Gesprächen stellte er fest, dass auch bei seinen somalischen Freunden Unruhe und Furcht vorherrschten. Der Personalleiter Abdi Hassan hatte sich weitgehend in sein Haus und in die Gesell-schaft von Familie und engen Freunden zurückgezogen. Häufig organisierten er und seine Freunde ›Ghat‹-Par-tys. Bei solchen Partys wurden die frischen Blätter des Ghatstrauches gekaut, was eine narkotisierende Wirkung hervorruft. Häufiger Gebrauch dieses Narkotikums führte im Allgemeinen zu nachteiligen Entwicklungen nicht nur im Bereich der intellektuellen Leistungsfähig-keit sondern auch auf weitere Körperfunktionen. Sehr schnell war sich Walter darüber im Klaren, dass Abdi Hassan mit den aufgetretenen Problemen und mit sei-ner persönlichen Situation in diesem Zusammenhang nicht fertig wurde. Mit seiner Unterstützung konnte also wohl nur noch in beschränktem Masse gerechnet wer-den. Giama und Fareed waren ihm zwar treu ergeben, konnten aber in ihren jeweiligen Positionen als Kassierer und Buchhalter keine allzu grosse Hilfe sein. Abdallah, dem Walter von Beginn an nicht über den Weg getraut hatte, kam auch weiterhin keinesfalls als Unterstützung in Betracht. Bei Mussa, seinem Jagdbegleiter, erlebte er eine Enttäuschung, die allerdings nicht ganz unerwartet kam. Letzterer hatte sich nämlich in Anbetracht der auch für ihn in jeder Hinsicht unbefriedigenden Entwicklung entschlossen, nun doch in seine Heimat im Norden des Landes zurückzukehren und damit eventuellen negativen Folgen für seine Person auszuweichen. Ganz unumwunden teilte er Walter mit, dass er wegen der politischen Entwicklung in Somalia sehr unglücklich sei. Da aber gerade im Norden keine tiefgreifenden Veränderungen eingetreten seien, erwarte er dort ein sorgenfreieres und ruhigeres Leben. Möglicherweise wolle er sich auch wieder um eine Anstellung in Saudi Arabien bemühen, wo er bereits früher einmal tätig gewesen war.

Als nächstes erlebte Walter zur Abwechslung einmal eine positive Überraschung. In Anbetracht der ständigen Querelen hatte sich nämlich endlich die deutsche Entwicklungshilfebank bereit gefunden, die Gelder für den laufenden Betrieb des Projekts direkt an das Unternehmen zu überweisen und somit den Umweg über die somalische Bank auszuschalten. So war wenigstens eine der schwerwiegendsten Schwierigkeiten aus der Welt geschafft. Das war umso wichtiger, als das Unternehmen noch so gut wie keine eigenen Einnahmen verbuchen konnte. In den Lagerschuppen befand sich zwar bereits ein grösserer Bestand an Fertigwaren, jedoch konnten diese nicht vom Projekt direkt verkauft werden, da sich somalische Regierungsstellen vorbehalten hatten, den Vertrieb der Erzeugnisse der Baumwollverarbeitung in eigener Regie zu organisieren. Daraus aber war bisher nichts geworden.

Es sollte aber nicht lange ruhig bleiben. Schon bald erfuhr Walter von seinen somalischen Freunden, dass der Aufwiegler wieder häufiger in der Nähe des Lagers im Gespräch mit Arbeitern des Betriebes beobachtet worden war. Die freundlich gesonnenen Somalis nannten ihn nur ›Ibrahim die Schlange‹, und so gefährlich wie eine giftige Schlange war er wohl auch. Zunächst machte Walter sich noch keine grösseren Sorgen wegen dieser Neuigkeit. Bis zu den nächsten Schwierigkeiten dauerte es aber leider gar nicht lange. Einer der Webereiarbeiter hatte sich von seinem europäischen Meister ungerecht behandelt geglaubt. Nun verlangte er auf Anstiften Ibrahim's eine Entschädigung, natürlich in Form einer Geldzahlung. Was in diesem Fall wirklich vorgegangen war, wurde nie bekannt, aber allem Anschein nach war es eine sorgfältig geplante Aktion. Und richtig: Schon wenige Tage darauf, wieder nach Einbruch der Dunkelheit, wurde das Fahrzeug des betreffenden Meisters aus dem Fahrzeugschuppen entwendet und in Richtung des Dorfes davongefahren.

Diesmal half es nichts, dass Walter wiederum bei dem somalischen Offizier vorstellig wurde. Letzterer redete sich darauf hinaus, dass es sich hier um eine private Auseinandersetzung handele, in die er sich nicht einzumischen gedenke. Also musste eine andere Lösung gefunden werden.

Mit einiger Mühe gelang es Walter, eine telefonische Verbindung mit der deutschen Botschaft in Mogadishu herzustellen. Einem Attache erläuterte er den Sachverhalt und bat um Hilfe. Er hatte sich auch schon eine Möglichkeit ausgedacht, und zwar sollte irgendein Angestellter der Botschaft mit einem Botschaftsfahrzeug das Projekt besuchen. Wichtig wäre nur, dass an dem Fahrzeug der Stander in den deutschen Farben angebracht sei. Die moralische Wirkung, die Walter sich davon versprach, musste seiner Ansicht nach ausreichen, um die lokalen Autoritäten zum Einschreiten zu Gunsten der beim Projekt tätigen Europäer zu bewegen.

Zunächst zögerte der Botschaftsattache. Dann nahm er erst einmal Rücksprache mit dem Botschafter. Nach einer Pause teilte er Walter dann mit, dass der Botschafter leider keine Möglichkeit sehe, seinem Wunsch zu entsprechen. Zum einen könne ein Botschaftsfahrzeug nur dann mit einem Stander ausgestattet werden, wenn es vom Botschafter selbst benutzt werde, und ausserdem sei die Angelegenheit Privatsache der dortigen Angestellten, denn schliesslich seien diese ja nicht Beauftragte der Bundesrepublik Deutschland sondern auf Grund von Privatverträgen Beschäftigte. Als solche müssten sie eben auch allein mit ihren Problemen fertig werden. Walter war zwar empört, aber das half ihm nicht weiter. Doch einen Trumpf hatte er noch. Der betroffene Webereiexperte war Lothringer und als solcher französischer

Staatsangehöriger. Warum also nicht den Versuch unternehmen, es noch einmal mit der französischen Botschaft zu versuchen. Wieder gab es einige Schwierigkeiten, ehe er endlich telefonisch mit den Franzosen verbunden war. Auch hier schilderte er die Situation im Detail, wobei er betonte, dass der unmittelbar Betroffene ein französischer Staatsangehöriger sei. Man hörte ihn an, und schon nach kurzem Überlegen fand sein Vorschlag uneingeschränkte Zustimmung.

Am Nachmittag des gleichen Tages noch fuhr ein Wagen durch das Tor der Anlage, an dessen Kühler stolz der Stander in den französischen Farben prangte. Mit erstaunten Augen betrachtete die Torwache den Vorgang. Dem Fahrzeug entstieg ein Angestellter der französischen Botschaft, begrüsste Walter und den Lothringer freundlich und folgte ihnen in's Büro. Etwa eine Stunde lang unterhielten sie sich dort, dann verabschiedete man sich freundlich, und der Franzose fuhr wieder davon.

Der Trick erfüllte seinen Zweck vollkommen. Die Europäer beobachteten, wie sich der Wachoffizier in Richtung des Dorfes entfernte. Schon kurze Zeit später wurde der ›beschlagnahmte‹ Wagen zurückgebracht und kommentarlos im Fahrzeugschuppen abgestellt. Diplomatische Verwicklungen waren, wie Walter richtig vermutet hatte, das Letzte, was die Somalis gebrauchen konnten. Und so hatte man wieder für einige Zeit Ruhe. Wie lange dieser Zustand anhalten würde, das war allerdings kaum abzusehen. Und so begannen die Europäer allen Ernstes zu überlegen, ob es nicht doch das Beste sein würde, sich langsam völlig aus dem Projekt zurückzuziehen.

Inzwischen war es Februar geworden. Da sprach sich eines Tages auch im Lager herum, dass dem Attentäter, der die Revolution seinerzeit ausgelöst hatte, der Prozess gemacht worden war. Man hatte ihn zum Tode verurteilt und meinte wohl, damit dokumentiert zu haben, dass die neue Regierung mit dem Attentat nichts zu tun hatte! Der Verurteilte wurde noch im gleichen Monat hingerichtet. In einer Sandgrube nahe dem Flughafen von Mogadishu wurde er unter grosser Anteilnahme der Bevölkerung öffentlich erschossen.

9. Exodus

Seit der öffentlichen Hinrichtung waren einige Wochen vergangen. Insgesamt war die Lage zwar etwas ruhiger geworden, aber die Spannung war geblieben. Die beim Projekt tätigen Europäer fühlten sich eingesperrt und unter ständiger Beobachtung. Ihre Freizügigkeit war durch Torkontrollen und die häufigen Aufenthalte an Strassensperren stark eingeschränkt. Selbst die deutsche Botschaft, welche sich im Allgemeinen herzlich wenig um die Landsleute kümmerte, riet ihnen, sich möglichst innerhalb des Lagers aufzuhalten.

In dieser Situation rief Walter eines Abends alle Europäer zusammen, um mit ihnen zu beratschlagen, was weiter zu tun sei, zumal die Arbeit im Projekt durch Rohstoffmangel und die abweisende Haltung vieler Arbeiter, vor allem aber der Behörden, fast zum Erliegen gekommen war. Auch aus der Heimat gab es keinerlei Ermutigung oder Unterstützung. Von den ausser Walter selbst acht verbliebenen Europäern waren lediglich vier der Meinung, man solle bleiben und die weitere Entwicklung abwarten. Schliesslich erhielten sie ja auch eine überdurchschnittlich gute Bezahlung, auf die man nicht ohne Not verzichten wollte, indem man den Job aufgab. Walter machte darauf aufmerksam, dass natürlich ein Jeder für seine Entscheidung selbst die Verantwortung tragen müsse. Jedenfalls wolle er alles in seiner Macht stehende tun, um den Ausreisewilligen zu helfen, das Land zu verlassen. Dies würde nicht ganz einfach sein, da die Somalis nicht willens schienen, den Europäern die Abreise zu gestatten. Auch die Leitstelle in Deutschland wollte nicht so ohne weiteres das Projekt von seinen Experten entblössen und somit möglicherweise ganz aufgeben. Doch Walter, der erkannt hatte, dass die Lage auf längere Zeit hin aussichtslos war, ging nun daran, seine und die Ausreise der vier Kollegen zu organisieren.

Als erster reiste der elsässische Werkmeister ab. In seinem Fall war die Sache recht einfach, da die französische Botschaft bei den somalischen Regierungsstellen vorstellig wurde und unter Hinweis auf den seinerzeitigen Eklat im Zusammenhang mit der ›Beschlagnahme‹ von dessen Fahrzeug eine Ausreisegenehmigung erwirkte.

Auch der zweite Fall war einigermassen einfach zu lösen. Der Vertrag des Technikexperten lief in einigen Tagen aus. Trotz der Einwände aus Deutschland konnte man ihm unter Anrechnung des ihm noch zustehenden Urlaubs die Ausreise nicht auf Dauer untersagen. Hinzu kam, dass Walter den zuständigen Stellen nachweisen konnte, dass man sich in allen Fällen um einen Ersatz für die abreisenden Experten bemühte. Nur fanden sich ›bedauerlicherweise‹ beim besten Willen keine geeigneten Bewerber.

Nun wurde es langsam schwieriger. Vorsichtshalber hatte Walter schon seine gesamte Habe, soweit es sich nicht um Dinge des dringenden und täglichen Bedarfs handelte, in eine Seekiste verpacken lassen und schickte diese nun durch eine Spedition zum Hafen von Mogadishu zur Verschiffung in die Heimat. Seine Schrotflinte hatte er wohlbedacht ganz oben in die Kiste gepackt. Dann schickte er einen seiner getreuen somalischen Mitarbeiter mit zum Hafen, um den Versand zu überwachen. Bei seiner Rückkehr berichtete der Somali dann, dass die Zöllner die Kiste geöffnet und genauestens untersucht hätten. Bei der Schrotflinte hatten sie gestutzt, aber da die Waffe nachweislich registriert war, mussten sie diese genau wie den gesamten Inhalt der Kiste passieren lassen. Später stellte Walter in der Heimat fest, dass die Verpackung nicht besonders sorgfältig erneuert worden war, so dass einige Beschädigungen auf dem Transportweg aufgetreten waren. Das aber liess sich relativ leicht verschmerzen.

Nun galt es, einen neuen Anlauf zu nehmen, um zwei weitere Kollegen aus dem Lande zu bringen. Da gab es zunächst Graf, den Spinnereiexperten. Dieser hatte sich, da er bei der im Lande vorherrschenden Hitze den vorgeschriebenen Mund- und Atemschutz zu tragen verabscheute, einen bösen Husten zugezogen. Es gelang Walter einen wohlgesonnenen somalischen Arzt in Mogadishu zu finden, welcher bereit war, eine Bescheinigung auszustellen, dass der Betroffene unbedingt und unverzüglich einen europäischen Spezialarzt aufsuchen müsse. Nach Überwindung einiger Schwierigkeiten mit den Behörden, bei denen Walter darauf hinwies, dass man doch gewiss nicht Schuld am Tode eines deutschen Experten sein wolle, reiste auch Graf glücklich in die Heimat.

Der letzte Ausreisewillige schien aber nun wirklich keine
Chance mehr zu haben. Da kamen Walter seine guten
Kenntnisse von Land und Leuten zu Hilfe. Er nahm
vorsichtig Kontakt auf zu einer Gruppe somalischer
Nomaden. Diese bewegten sich wie eh und je frei und
ungehindert im Lande und überschritten auch mit ihren Tieren die Grenzen zu den Nachbarländern, ohne
dass Grenzkontrolleure oder Behörden die streitbaren
Nomaden zu behindern wagten. Gegen entsprechende
Bezahlung erklärten sich diese freien Männer dann auch
bereit, den Europäer als Somali verkleidet mitziehen zu
lassen und nach Kenia zu bringen. Später traf Walter
diesen Kollegen in Deutschland wieder, und er erklärte,
dass ihm die Tage unter den Nomaden zwar recht sauer
geworden seien, dass er aber ohne Schwierigkeiten nach
Kenia gelangt und von dort heimgereist sei.

Inzwischen war es Mai geworden. Walter konnte endlich
an seine eigene Abreise denken. Er wollte nicht mehr bis
zum Ablauf seiner Vertragzeit in etwa zwei Monaten
warten, zumal er nicht sicher war, ob die somalischen
Behörden nun auch ihn so ohne weiteres ziehen lassen
würden. Also musste er es noch einmal mit dem Arzt-
trick versuchen. Nach einigem Hin und Her erklärte
sich der Arzt bereit, ihn wegen einer Herzschwäche zu
einem Arzt in Nairobi, also im benachbarten Kenia, zu
überweisen, da es in Somalia keinen geeigneten Spezia-
listen gab. Misstrauisch liessen die somalischen Behörden ihn ziehen, da er aber nur wenig Gepäck mit sich
führte, glaubten sie annehmen zu können, dass er nur
kurze Zeit fortbleiben werde. Seinen Revolver trug er

unter der Kleidung direkt auf der Haut, da er wusste, dass die moslemischen Sornalis keine Körpervisitation durchführten, zumal dies den aus dem Koran abzuleitenden Grundsätzen der Schicklichkeit auf das Gröbste widersprochen hätte. Und Metalldetektoren gab es auf dem Flughafen von Mogadishu nicht.

In Nairobi angekommen, hatte Walter es sehr eilig, ein Taxi zu nehmen und in's Hotel zu kommen, um sich seiner umfangreichen Kleidung und dessen, was er unter derselben trug, zu entledigen. Ein erfrischendes Bad, ein opulentes Abendessen und ein Spaziergang in der Freiheit waren die erste Stufe seiner Befreiung von dem enormen Druck, der seit etwa einem halben Jahr auf ihm gelastet hatte. Nach einigen erholsamen Tagen in Kenia warteten der endgültige Heimflug, die Wiedervereinigung mit seiner Familie und der Beginn eines neuen Lebensabschnittes auf ihn.

10. Epilog

In Somalia vollzog sich nach dem Umsturz langsam der Übergang von der Abhängigkeit von der Entwicklungshilfe aus westlichen Ländern zur Eingliederung in den Einflussbereich des Ostblocks. Eine der ersten Folgen war das Nachlassen der finanziellen und technischen Unterstützung aus dem Westen. Hier sollten die Somalis schon sehr bald merken, dass ihre Hoffnungen auf einen mehr als gleichwertigen Ersatz aus dem Ostblock auf einer falschen Einschätzung der Lage beruhten. Lediglich die bereits bestehenden Projekte der Chinesen, vor allem auf dem landwirtschaftlichen Sektor, und der Sowjetunion auf militärischem Gebiet, wurden intensiviert. Das war für die neue somalische Regierung reichlich unbefriedigend.

Schon nach wenigen Jahren vergeblicher Versuche, den Reisanbau in grossem Stil einzuführen, erkannten die Chinesen, dass sie mit den Nomaden des Landes keine gelehrigen Schüler hatten, die sich zu Reisbauern hätten umziehen lassen. Als Realisten kamen sie schnell zu dem logischen Schluss, ihre Bemühungen auf diesem Gebiet zu beenden und zogen sich langsam ganz von ihrem Engagement in Somalia zurück.

Was die Sowjets betraf, so intensivierten diese lediglich ihre Bemühungen um die Ausbildung und Ausrüstung der somalischen Armee, auf die sich ja das neue Regime in der Hauptsache stützte. Nach und nach erhöhten sie die Zahl ihrer ›Militärberater‹ auf 6,000.

So existierte die veränderte Lage im Lande für einige Jahre vor allem durch den Rückhalt, den die hochgerüstete Armee dem Regime verlieh. In dieser Zeit verstärkte sich aber auch das Selbstbewusstsein der Somalis, und der alte grosssomalische Gedanke gewann zunehmend Boden. Im September des Jahres 1977 marschierten somalische Truppen dann wieder in die äthiopische Provinz Ogaden ein. Schon bald hatten sie die gesamte Provinz erobert, nicht zuletzt dank der Unterstützung durch die dort ansässige somalische Bevölkerung. Sie drangen schnell bis zu der Provinzhauptstadt Harer vor, bis ein unvorhergesehenes Ereignis eintrat. Inzwischen war nämlich auch in Äthiopien ein Umsturz zu Gunsten des Ostblocks erfolgt. Und da dieses Land für die Sowjetunion weit wichtiger war als Somalia, verlagerte sich das Interesse und die Unterstützung des Ostblocks dementsprechend. Schon bald trafen Hilfstruppen aus der Sowjetunion und Kuba in Äthiopien ein, um die Lage dort zu stabilisieren. In dieser Situation ereignete sich ein Zwischenfall, welcher sich für die Somalis geradezu als ein Glücksfall erwies.

In Deutschland wurde die Lufthansamaschine ›Landshut‹ von Terroristen entführt. Die Maschine landete wegen Treibstoffmangels im Oktober 1977 auf dem Flughafen Mogadishu. Sehr schnell müssen die Regierenden in Somalia ihre einmalige Chance erkannt haben. Sie sagten der deutschen Regierung ihre Unterstützung zu und gestatteten den Einsatz einer deutschen Antiterror-Einheit, die dann auch am 17.10.1977 die Geiseln befreite. Damit hatten sich die Somalis die Deutschen verpflichtet und konnten deren Dank erwarten, der dann auch nicht lange auf sich warten liess.

Zunächst aber war das Problem mit Äthiopien zu lösen. Wegen des Wegfalls der Unterstützung durch die Sowjetunion war Somalia gezwungen, in Friedensverhandlungen einzutreten. Die Folgen waren, dass nicht nur im Jahr 1978 die Provinz Ogaden an Äthiopien zurückgegeben werden musste, sondern auch, dass hunderte von somalischen Flüchtlingen aus diesem Gebiet nach Somalia kamen und dort untergebracht und versorgt werden mussten. Siad Barre sah sich auf Grund der Haltung des Ostblocks dazu veranlasst, die sowjetischen Militärberater aus dem Lande zu weisen. Mit Beginn der 80er Jahre machte sich der erneute Umschwung, diesmal mit Orientierung zum Westen, bemerkbar. Insbesondere aus den USA erhielten die Somalis vor allem finanzielle Unterstützung. Die Bundesrepublik Deutschland zeigte ihre Dankbarkeit durch den Ausbau des Hafens von Mogadishu und eine umfangreiche Modernisierung des Flughafens der Hauptstadt.

Der erneute Umschwung brachte natürlich auch für Siad Barre seine Probleme. Die Opposition gegen sein Regime im Lande wurde zusehends stärker. 1991 dann wurde er entmachtet, und es traten Zustände ein, wie sie seit alten Zeiten in Somalia üblich gewesen waren. Das Land fiel immer mehr in Anarchie, und Stammeskämpfe zwischen den grossen Familien waren an der Tagesordnung. In offensichtlicher Verkennung des Volkscharakters dieses Nomadenvolkes versuchte unter Führung der USA die

UNO eine Ordnung demokratischer Art herzustellen. 1992 trafen UNO-Truppen ein, deren Zahl sich binnen Kurzem auf 35,000 Mann steigerte. Als eine indische Einheit schon nach kurzer Zeit frustriert wieder abzog, wurden an deren Stelle deutsche Truppen entsandt. Sie bezogen Stellung im vorgeblich ›befriedeten‹ Gebiet bei Beled Uen. Schon nach kurzer Zeit mussten sie feststellen, dass sie in ihrem befestigten Lager eher zu Belagerten als zu Friedenssicherern geworden waren. Schliesslich ist Beled Uen der Knotenpunkt der Hauptschmuggelwege von Süd nach Nord und von West nach Ost, über die vor allem der gesamte illegale Waffenschmuggel lief. Und dabei liessen sich die landeskundigen Nomaden auch durch die Anwesenheit der deutschen Truppen nicht stören.

Im Laufe der Zeit verschärfte sich die Lage für die UNO-Truppen immer mehr. Als die Verluste durch Überfälle von Stammesmilizen sich häuften, beschloss die UNO, ihre Einheiten abzuziehen. So herrscht seit 1994 wieder das übliche Chaos im Land. Die Stämme kämpfen untereinander um Einfluss und Landbesitz. Im Norden, in dem früheren britischen Kolonialgebiet, herrscht noch die grösste Ordnung, und so nimmt es nicht Wunder, dass dieser Landesteil nach Unabhängigkeit strebt. So wurde denn auch die Republik Somaliland in's Leben gerufen, welche allerdings bis heute nicht internationale Anerkennung gefunden hat.

An der geschilderten Lage hat sich bis heute wenig geändert. Es wird hin und wieder versucht, ausserhalb des Landes eine Regierung zu bilden, welche dann als

Ordnungsmacht in das Land verlegt werden soll, jedoch wird ein solcher Schritt durch die im Lande um Einfluss ringenden Kräfte bisher verhindert. Ein zusätzliches Problem ist für die internationale Schiffahrt entstanden: Mit schnellen Booten überfallen somalische Piraten vor der Küste vorüberfahrende Schiffe und rauben sie aus oder nehmen Geiseln, welche dann gegen hohe, von den jeweiligen Reedereien aufzubringende Geldbeträge freigekauft werden müssen.

Inzwischen wurde zur Unterstützung der in diesen Gewässern stationierten Marineeinheiten auch ein Schiff der deutsche Marine nach Djibouti beordert, von wo aus die Seewege überwacht und gesichert werden sollen. Die Massnahme stellt sich allerdings als weitgehend wirkungslos heraus. Nach wie vor kommt es vor der Somaliküste zu 40 bis 50 Fällen von Piraterie im Jahr, bei denen offenbar die dort stationierten Marineeinheiten hilflos zusehen müssen. Nicht genug damit, kommt es sogar zu Überfällen auf Schiffe dieser Einheiten wie im Falle des bei einem solchen Überfall schwer beschädigten US-Zerstörers ›Cole‹.

Mit durchgreifenden Veränderungen des zur Zeit herrschenden Zustandes in Somalia ist wohl auch in der näheren Zukunft nicht zu rechnen.